KB189153

우연이 아니었다

샘
소설

16

우연이 아니었다

설
재
인

장
편
소
설

자음과모음

차
례

프롤로그: 어느 날의 메일

1부

2부   7

3부   11

에필로그: 어느 날의 집필 노트   199

                                                            231

작가의 말   249

                                                            257

프롤로그:
어느 날의 메일

제목: 박효지입니다.

내용: 안녕하세요, 박효지입니다. 편집자님께서 보내주신 메일 잘 받았습니다. 새로 보내드렸던 주제를 긍정적으로 봐주셔서 감사합니다.

언젠가는 꼭 써야 할 이야기라고 생각했습니다. 아시겠지만 저는 두 명의 어머니를 다루는 단편소설로 데뷔했고, 그 작품이 일부 자전적이었다는 사실이 알려지면서 화제가 되기도 했으니까요(물론 소설의 내용보다 그러한 개인사로 더 주목받게 된 것은 슬프지만, 그걸 팔아넘긴 당사자도 저이니 누굴 탓할 계제가 되지는 못하지요). 당시 박효지라는 필명으로 작품을 발표했기에 저의 두 어머니 모두 소설을 읽어보지도, 세상에 그런 소설이 있는지도 알지 못하셨어요. 따스한 대안 가족의 형태를 지나치게 납작하게 보여준다며 호평과 혹평을 동시에 받은 그 소설의 내용을 두 분께서 아셨다면 뭐라고 하셨을까요? 좋아하셨을까요, 아니면 가증스러워하셨을까요?

어쨌든, 그 소설은 소설일 뿐이었습니다. 사실 두 어머니는 저의 데뷔작에서 묘사된 만큼 서로를 충만한 애정으로 바라보는 존재는 결코 아니니까요. 저는 두 어머니 사이에 어떤 일이 있었는지를 최근에야 서서히 알게 되었지만 그마저도 완벽하지 못합니다.

따라서 편집자님께 말씀드렸던 이 소설을 쓰기 위해서는 두 분의 어린 시절부터 천천히 짚어보아야 해요. 두 분을 따로따로 앉혀놓고 옛날 일을 묻는다면 서로의 증언은 아주 많이 다르겠지요. 한 분은 아마 지나치게 자신을 합리화할 것이고, 또 한 분은 영문을 모른 채 화만 내실지도 몰라요. 높은 확률로, 무엇이 진실인지 저는 영영 알 수 없을 것입니다. 그렇게 비워진 곳들을 허구로 채워 넣겠지요.

하여, 시간이 조금 걸릴 테지만 기다리겠다고 말씀해주셔서 감사드립니다.

박효지 드림

1

호림은 형산아파트에 온 뒤 밖으로 잘 나가지 않았다.

작년만 해도 호림은 부모에게 이사를 가라며 그렇게 성화하곤 했다. 부모보다 아파트가 더 늙어 보인다고. 삼십여 년간의 짐이 그득그득 쌓인 집에서 계속 살다 보면 더 빨리 나이 들어 누구도 거들떠보지 않는 노인이 될 거라고 덧붙였다. 부모는 자신들이 뿌리를 단단히 내린 나문시를 떠나고 싶어 하지 않았으나, 호림은 자신이 사는 분당에서 세 시간이나 떨어진 나문시에 일흔이 다 된 부모를 두는 게 영 미덥지 않았다. 나문시는 시내버스 노선이 너무 성겼고 호림의 아버지는 늘그막에 위험한 사고를 여러 번 내더니 겁을 먹고 더는 운전을 하지 않았다. 아버지보다 네 살 연하인 엄마는 또래들과 꾸준하게 취미 활동도

하고 운전도 곧잘 하는 등 조금 더 나은 모습을 보였지만 행여 엄마가 아프기라도 한다면 아버지의 생활이 와르르 무너질 게 불 보듯 뻔했다. 백 세 시대라는데 이렇게 빨리 허물어져서 어쩔 거야! 호림은 그렇게 소리치며 분당으로 이사 올 것을 종용했었다.

작년까지는 그랬다.

지금 호림은 바로 그 아파트, 너무 낡아서 하룻밤 자는 것조차 싫다고 했던 형산아파트 단지에 처박혀 누구도 만나지 않는 중이다. 매일 아침 핸드폰에는 남편 승환의 메시지가 도착했다. 사랑해. 잘 지내지? 오늘은 좀 어때? 호림은 승환의 물음에 답하지 않았다. 승환 역시 그 메시지 하나로 자신의 의무를 다했다는 듯, 더는 끈질기게 연락하지 않았다.

아마 그는 고소해할 것이라고 호림은 생각했다. 두 사람은 같은 학원에서 근무했던 동일 교과 강사였다. 언제나 호림보다 승환의 수강생 수가 삼분의 일쯤 적었다. 회식 자리가 있을 때마다 놀림을 받았지만, 와이프가 잘 버니 얼마나 좋으냐며 함박웃음을 짓던 남편이었다. 그러나 사건이 있고 호림이 권고사직을 당한 후에는 이상하게도, 묘하게 들뜬 것처럼 보였다. 그게 그저 내 피해의식에서 나온 착각일까? 호림은 확신할 수 없었으나 남편이 예전부터 자신을 시기했으며 그래서 지금 즐겁기를 은근히 바랐다. 그렇게라도 악역을 하나 더 늘려야만 덜 억울할 수 있었다. 그렇게 믿어야만, 세상이 자신을 탄압한다고 여길 수 있었다. 자신을 제외한 모두가 악역이라면 정신을 완전히 잃지 않고 버틸 수 있을 것 같았다. 잘못한 것 하나 없는 사람이 세상을 살아갈 수 있는 방법이 과연 그것 말고 무엇이 있단 말인가.

"오늘도 안 나가니?"

부모가 방문을 빼꼼 열더니 물었다. 둘 다 등산복 차림이었다.

"엄마, 아빠랑 뒷산 가자."

"됐어, 나 무릎 아프다고 했잖아."

"그냥, 정말 요기 뒷산인데."

"둘이서 잘 갔다 와."

예전부터 호림은 부모의 마음을 헤아리기가 어려웠다. 한때 부모는 딸이 대놓고 자랑할 수 없는 직업을 가진 것에 언짢은 듯 보였으나, 명절마다 거액의 용돈을 턱턱 주니 금세 풀어지곤 했다. 그러던 딸이 갑자기 직장에서 모함을 당했다며 노부모의 집에 와서는 종일 틀어박혀 있다면 기분이 어떠할까. 측은할까, 한심할까, 화가 날까? 호림은 짐작할 수 없었다.

자식이 있다면 알았으려나.

자식이······.

호림은 부모가 외출한 뒤에도 베개에 얼굴을 파묻은 채 한참을 비몽사몽했다. 그러다 전화벨 소리에 고개를 모로 틀어 핸드폰 화면을 보았다. 엄마였다.

"애, 오늘 월요 장터에 두부 장수 오는데 그 집 두부가 참 맛있어. 꼭 사야 하는데 엄마가 까먹고 산에 왔네. 얼른 가서 사라. 102동 앞이야. 이가네 손두부라고 트럭에 적혀 있어."

"싫은데. 오면서 마트에서 사. 두부가 거기서 거기지."

"안 돼, 꼭 거기서 사야 한다니까. 엄마가 그 두부로 두부김치 해줄게. 너 어제 먹고 싶다고 했잖아."

"난 아무 두부나 괜찮다니까."

"안 괜찮아. 꼭 갔다 와, 진짜. 먹어 보면 엄마 말이 맞다는 걸 알 거야."

그러고는 전화를 뚝 끊었다.

귀찮도록 다정해서 평범한 사람. 호림은 신발을 꿰어 신으며 생각했다. 어떻게든 딸을 밖으로 끌어내기 위해 두부 같은 핑곗거리를 만들었겠지. 어쩌면 그 행위가 흔히들 '인간적'이라고 말하는 잣대에 들어맞는 열정의 발현일지도 몰랐다. 본인은 상처받지 않고 끝없이, 끝없이 내 새끼를 사랑하는 행위……

102동은 호림이 사는 103동 바로 앞에 있다. 조금만 멀었어도 가지 않았을 것이다. 호림은 트럭 뒤꽁무니로 길게 늘어선 줄의 끝에 섰다. 이 노점의 두부가 유난히 맛있다는 게 거짓말은 아닌 모양이지, 생각하며. 줄에는 익숙한 얼굴의 노인들이 있었다. 호림이 아주 어릴 때부터 본 이목구비 고대로 나이 든 모습이었다. 그러나 그들은 당연히 호림을 알아보지 못했다. 아마 누군가가 알은체를 했다면 그 순간부터 이 자리를 견디지 못했을지도 모른다.

줄은 천천히 줄어들었다. 호림은 주머니 속 핸드폰을 만지작거렸다. 학원강사들과 학생들, 사건 연루자들의 SNS 계정에 들어가고 싶어 몸이 달았다. 호림은 그들의 계정을 하루에도 수십 번씩 들락거렸다. 몇 시간만 멀어져도 그들의 소식이 궁금해 미칠 것 같았다. 그들은 오늘 무슨 생각을 하고 있을까. 어떤 광경을 보고 어떤 하루를 보낼까? 제발 불행했으면 좋겠다. 제발 나처럼 우울하고, 나처럼 죽고 싶다는 생각을 하고 있으면 좋겠다…….

"저기."

누군가가 뒤에서 등을 찰싹 쳤다. 호림은 놀라며 돌아보았으나 무얼 보냐는 듯 호림을 힐끔대는 늙은 노인이 있을 뿐이었다. 아, 아니었다. 그 앞에, 줄에 몸을 반쯤 걸친 호림 또래의 여자가 하나 더 있었다. 혹시 이효정 아니에요? 동시에 노인도 외쳤다. 거기, 아줌마! 누구 끼워주면 혼날 줄 알어.

'아줌마.' 호림은 그 단어를 듣자마자 노인이 아니라 여자에게 말하고 싶었다. 아니요, 사람 잘못 보셨어요.

그러나 그럴 수 없었다. 고등학생 때보다 체중이 20킬로그램이나 빠지고 지속적인 수술과 시술로 얼굴이 완전히 달라진 호림과 달리 여자는 아무것도 변하지 않았으니까.

호림이 주춤거리는 동안 노인이 다시 호통쳤다. 이번에는 쌍욕이 섞여 있었다. 주변에 있던 사람들이 호림 쪽을 빤히 쳐다보기 시작했다. 나문시로 돌아온 이후 오늘이 가장 많은 사람과 스치고 가장 많은 시선을 받은 날이리라. 만약 조금 전이었다면 호림은 자리에서 도망쳤을지도 모른다. 하지만 저 여자가 자신을 알은체하는 지금은 달랐다. 호림은 노인이 더 미친 사람처럼 난동을 피웠으면 했다. 여자를 쫓아낼 만큼, 여자가 질려 도망갈 만큼. 그렇게 되게만 해준다면 이 노인의 무병장수를 진심으로 기원할 것이었다.

그러나 여자는 활짝 웃으며 노인의 어깨를 부드럽게 주물렀다. 어머니, 왜 이렇게 성질이 나셨을까? 나는 두부 안 살 건데. 그렇게 능청을 떨고서는 호림의 팔을 잡아챘다. 호림이 휘청이며 줄에서 빠져나왔다.

"어머니, 아예 한 명 빼드렸다. 으이궁, 이제 좀 기분이 풀리셔요?"

호림이 여자의 손길에 죽 늘어난 티셔츠의 매무새를 다

18

듬으며 뭐라고 말하려던 찰나 여자가 속삭였다.

"내가 먼저 샀으니까 나눠줄게. 비지 얻은 것도 줄게. 그러니깐 화내지 마."

그깟 두부. 겨우 두부 같은 게 문제가 아니었다.

여자가 한 톨의 의심도 없이 자신을 알아봤다는 것이, 이효정이라고 확신했다는 사실이 호림에게는 무엇보다 큰 문제였다.

이효정은 호림이 고등학생 때까지 썼던 이름이었고 여자의 이름은 박지양, 한때 가장 가까웠던 친구였다.

"그놈의 두부집. 그 두부집 때문에 싸움 난 게 한두 번이 아니라니까?"

호림은 지양의 말을 건성으로 들으며 황망하게 주변을 둘러보았다. 이런 데서 사람이 살 수 있나. 분명 부모의 것과 같은 단지의 아파트인데 전혀 달라 보였다. 일단 디지털 도어록이 없었다. 누런 벽지와 여기저기 기어다니는 개미들도 보였다. 심지어 낡은 가구조차 없어 택배 상자를 물건 수납용으로 쓰는 듯했다. 저런 상자에서 바퀴벌레가 알을 깐다고 했는데. 그러면 그 바퀴벌레가 윗집으로도 올라가고, 아랫집으로도 내려가고, 그러다가 동 전체에 퍼지고, 마침내 단지 구석구석까지……. 호림은 미간을 찌푸렸다. 지양의 집은 102동 105호, 호림 부모의 집은 103동 905호였다. 위치가 너무 가까웠다.

"그거 알아? 그 두부집 사장, 일 안 할 땐 벤츠 타고 다녀. 진짜 대단하지, 두부 팔아서 벤츠 산 게. 존나 멋있잖아. 그거 가지고 한창 노인네들이 기분 상해서 두부 안 사고 버틸 때도 있었다? 두부 장수가 벤츠 타는 게 속 뒤집어졌나 보지. 그런데 결국 두부집이 이겼지. 그렇게 맛있는데 배겨?"

벤츠의 어떤 모델인지가 중요하지 않나. 호림은 분당 집에 자기 명의의 벤츠를 가지고 있었으나 반응하지 않았다. 지양은 호림이 아무런 말을 하지 않는다는 사실을 인지하지 못한 듯 마치 어제도 호림을 만났던 것처럼 자기 할 말만 늘어놓았다.

호림은 105호 안을 천천히 움직였다. 102동은 103동과 구조는 거의 비슷했으나 모든 것의 평수가 조금씩 더 작았다. 좁은 거실에는 소파 하나 없이 철 지난 전기장판이 아직도 깔려 있었다. 지양이 부산스레 안방에 들어간 틈을 타 부엌을 살펴보았다. 기름때가 잔뜩 절어 있는 가스레인지와, 골드스타 마크가 천연스레 붙어 있는 냉장고. 작은방은 부엌 쪽에 하나, 현관 쪽에 하나 있었는데 부엌 쪽 작은방의 나무문 한가운데가 푹 파여 반쯤 쪼개져 있었다. 문틀도 비틀려서 닫히지 않는 듯했다. 103동의 것과 위치도 방향도 비슷했다. 아마 저 방에는 햇빛이 거의 들지 않을 것이다. 호림의 집에서는 창고로 쓰는 곳이었다.

호림은 안방을 피해 다시 거실 쪽으로 나온 뒤 이번에는 현관 쪽 작은방을 힐끗거렸다. 905호에서는 그 위치의 방을 엄마가, 안방을 아버지가 썼다. 엄마는 아버지에게서 노인네 냄새가 나 견디기 힘들다고 각방을 고수했다. 호림이 오기 전까지. 지금은 엄마가 자신의 물건들을 다시 안방으로 옮겼다.

"집에 잠깐 내려온 거야?"

지양이 물었다.

"어, 부모님 뵈러. 곧 올라갈 거야."

"난 사실 너희 부모님 가끔씩 봤는데. 근데 인사는 안 드리고 보기만 했어. 좋아 보이시더라, 그 연세에 손 붙잡고 같이 등산 다니는 부부가 어디 흔하니."

'좋아 보인다'고? 그래 보이겠지, 자기 부모를 생각하면. 하지만 저게 과연 칭찬일까?

호림은 지양의 엄마가 투신했던 자리가 어디인지 알고 있었다. 학교 아이들이 야자를 빼먹고 단지에 기어들어 와서는 그 자리를 구경하곤 했다. 지양의 아버지는 호림이 대학교 2학년에 올라갈 무렵 교통사고로 죽었다. 호림은 조문하러 가지 않았다. 서울에서 나문까지는 너무 멀었고, 하필 그때 새내기 오티가 있었으며, 호림은 그 아이들과 친해지고 싶어 몸이 달아 있었으니까.

이유가 그뿐만은 아니었다.

"나온 김에 나랑 좀 놀아주다 가. 어떻게 연락을 한 번 안 했어? 너도 어차피 여기서 아는 사람 없잖아. 얼마나 더 있을 건데? 한잔해야지. 이제 진짜로, 합법적으로 마실 수 있잖아. 너 아직 술 좋아하지?"

호림은 과거에 자신이 지양을 유일한 친구로 둘 수밖에 없었다는 사실을 애써 무시하려 노력하며 상냥한 표정으로 말했다.

"좋아하지. 지양아, 근데 나 집에 가도 될까, 지금은? 두부만 사고 얼른 들어가야 되는데."

"왜?"

"엄마가 김치 다 볶아놓고 기다리고 있어 가지고. 아빠도 시장하실 테고."

그렇게 거짓말을 했다.

*

"저걸 밴드라고…… 씨발, 진짜."

효정이 거센 억양으로 욕을 하자 지양이 소리 없이 웃었다. 효정은 주변에 누가 없는 걸 확인하고서 발 옆에 침을 뱉었다.

x

"음악도 존나 모르는 새끼들이 밴드부랍시고. 씨발, 저게 가요지, 록이야?"

그러고는 듣는 이가 있나 두려워 다시 두리번거렸다.

둘이 고등학교 2학년이던 축제 날이었다. 효정이 다니던 학교에서 가장 인기가 많은 동아리는 밴드부였다. 밴드형 아이돌이 차트를 휩쓸던 시대였다. 아직 악기를 다루는 게 어색한 1학년이 적당히 코드 세 개짜리의 펑크록 밴드 노래 두 곡을 부르고 내려가면 2학년이 무대에 올랐다. 남자 보컬은 차트 상위에 있는 곡들을 불렀고 여자 보컬은 프론트 우먼의 존재감이 도드라지는 밴드의 곡들을 불러 댔다. 마지막은 노래방에서 고등학생들이 자주 부르던 듀엣곡 카피로, 악기를 맡은 이들은 오픈 코드를 잡고서 반주나 하고 있었다. 어차피 실력이 엉망진창이라 그 이상은 할 수도 없어 보였다.

지양이 말했다. 효정이 네가 저기 들어가면 훨씬 잘할 텐데, 그치?

"미쳤냐? 내가 왜 들어가."

"너는 노래도 잘하고, 가요 말고 진짜 록밴드 노래들 다 알잖아. 그런 거 하자고 설득할 수 있잖아."

"됐어. 쟤들이 음악을 이해하겠어? 난 대학 가서 마음 맞는 사람들이랑 할 거라고. 저따위 쓰레기 노래 하고 싶지도 않아. 성대 썩어."

이때만큼은 지양이 전학생이며, 친구가 한 명도 없는 게 다행으로 여겨졌다. 안 그랬다면 효정이 1학년 때 밴드부에 지원했었다는 사실을 알았을 것이다. 염소같이 떨리는 목소리로 열창한 것도, 꼭 밴드부에 들어가고 싶다고 눈물을 비죽비죽 흘린 것도.

"그래도 드럼 치는 애는 되게 잘하지 않아? 저기서 썩긴 아깝다."

지양이 물었고 효정이 고개를 끄덕였다. 부정할 수 없는 사실이었다. 다만 꼭 덧붙여야 했다.

"그럼 뭐 하냐? 쟤도 저런 노래 하겠다고 오케이한 걸 텐데. 뭐, 그냥 잘 치는 세션이지."

효정의 핸드폰이 울렸다. 시화부 담당 교사의 메시지였다. 아무도 오지 않는 부스에서 뭐 이렇게 호출이 잦은지. 효정이 지양을 불렀다.

"야."

"어?"

"지금부터 너랑 나랑 부스 지키라는데?"

지양이 고개를 끄덕였다. 그러나 효정은 강당에 더 머물고 싶었다. 밴드부의 공연을 더 보고 싶었다. 최선을 다해 그들의 결점을 찾아내서 한껏 조롱하는 마음을 가지고 싶었다. 그게 자해인 줄도 모르고.

그러나 마음만 그랬지, 발걸음은 지양을 따라 시화부가

부스를 차린 교실 쪽으로 옮겨가고 있었다.

　지양은 고등학교 1학년이 되던 해 4월 1일자로 전학을 왔다. 그러나 전학 당일 엄마가 투신해 세상을 떠났기 때문에, 실제로 교실에 들어선 것은 상을 다 마치고 나서였다. 이미 사건에 대한 소문은 아파트 단지며 학교 내에 싹 돈 후였고, 효정 역시 엄마로부터 들은 바가 있었다. 아이들에게는 듣지 못했다.

　효정에게는 친구가 없었으니까.

　지양이 그때 남은 해를 어떻게 보냈는지 효정은 잘 몰랐다. 그러다 2학년으로 올라가 같은 반이 되었다. 새 학기 첫날, 둘은 소란스러운 교실 안에서 외로이 떠 있는 두 개의 섬이었다. 소속 동아리조차 없어 분리수거장 취급을 받는 CA인 시화부에 들어가야 하는 섬들. 그래서 친해질 수밖에 없었다.

　소문 속 그 아이가 지양이라는 걸 효정은 알고 있었다. 그리고 솔직히 말하자면, 자신에게도 그런 사연이 있길 바랐다. 물론 엄마가 자살하기를 원한 것은 절대로 아니었다. 엄마 없이 어떻게 살지 효정은 알지 못했고 엄마를, 엄마가 하는 보살핌을 사랑했다. 그러나, 그러니까, 그런 식의 사연, 굉장히 특별해서 남들이 침범조차 못 할 그런 사연이 자신에게도 있었으면 했다. 자신의 안위를 해하지 않

는 선에서. 아무래도 자신은 너무 평범하고 유복하기까지
한 집에서 살고 있는 것 같았다. 아버지는 그해 교감으로
승진했으며 엄마는 유치원 원장이었다. 주말에는 외식을
나갔으며 곧 부부 동반으로 골프도 시작하려는 기세였다.
너무 온건하지 않나. 나중에 밴드를 할 때 이런 가정에서
컸다고는 부끄러워 말 못 할 거야, 하고 열일곱의 효정은
생각했다.

지양은 말이 없는 아이였다. 원래 성격이 그런 건지, 엄
마의 투신에 영향을 받은 건지 아무도 몰랐다. 애초에 누
구도 친해지려 들지 않았으니까. 깡마른 몸. 껑충한 키. 이
상하게 휜 듯한 자세와 어두운 낯빛, 시야를 다 가린 앞머
리. 지양은 소문을 불사하고 만나기에는 그리 매력적인 아
이가 아니었다. 적어도 효정은 그렇게 평가했다.

효정은 자신도 친구가 없으면서 지양을 자신보다 낮은
위치에 두었다. 자신은 친구를 '안' 사귀는 것이지 '못' 사
귀는 것이 아니라고 믿었다.

그러나 2학년 때 두 사람이 같은 반이 되고 나서, 먼저
다가간 사람은 효정이었다.

2학년이 된 3월 중순의 어느 날 밤이었다. 전교생이 강
제로 참여해야 했던 야간자율학습의 감독이었던 사회 선
생이 지양의 머리를 후려친 것은. 그러고서 그는 지양의

양쪽 귀에서 이어폰을 뜯어내듯 빼냈다.

내놔. 사회의 말에 지양이 물었다. 뭘요?

"시디피."

"이걸 왜요?"

"무슨 학생이 야자 시간에 음악을 들어?"

"저는 작년에 허락받았는데요."

사회가 지양의 머리를 한 번 더 후려쳤다.

"누가 허락을 해?"

"1학년 때 담임선생님이요."

"누가 1학년 때 얘기하래? 1학년 때 담임이 허락을 하면, 내가 그 말을 들어야 돼?"

모두 숨을 죽였다. 사회가 비정상적으로 비대한 자존심의 소유자라는 것을 교실의 모든 학생이 알고 있었다.

그때 지양이 대답했다.

"저희 엄마가 죽어서, 그래서 된다고 했는데요. 상처가 많은 애니까요. 엄마 죽은 애를 괴롭히시는 건가요, 지금? 사람이라면 아니겠지."

사회가 지양이 앉아 있던 의자를 발로 차기 직전에, 바로 그 순간의 아주 짧은 정적에 효정은 지양의 이어폰에서 흘러나오는 노래가 무엇인지 알아들었다.

지양은 결국 시디플레이어를 뺏겼고, 학기가 끝날 때까

지 압수한다는 말에 책상에 엎드린 채 엉엉 소리를 내며 흐느꼈다. 엄청나게 큰 소리로, 마치 무언가를 잘근잘근 씹어먹을 기세의 짐승처럼 울부짖었다. 지양의 짝이 주춤거리며 일어났다. 효정은 그 아이가 지양을 꺼안으려는 줄 알았는데, 교실 뒤로 가더니 사물함 위에 책을 올려놓고 거기서 공부를 하기 시작했다. 아무도 지양을 위로하지 않았다. 지양은 쉬는 시간 종이 울리고, 아이들이 와자지껄 떠들며 삼삼오오 손을 잡고 운동장에 나갈 때까지 그렇게 혼자 울었다.

씨발년들, 그렇게 우는데 위로 한 번을 안 해줬잖아, 다 인간이 아니라니까? 효정은 나중에 지양에게 그렇게 말했으나, 사실 효정이 지양에게 다가간 것은 그저 이어폰에서 흘러나오던 독특한 음악과 지양이 짐승같이 내던 울음소리 때문이었다.

효정은 지양이 궁금해졌다.

자신이 되고 싶은 부류의 사람 같았다. 야성적인 슬픔을 가진, 독특하고 모난 사람.

옆에 있으면 닮을 수 있지 않을까?

"이딴 걸 시라고 썼냐. 이런 세상에서 뭘 얼마나 따뜻하게 살겠다고."

「행복한 오늘」이라는 제목의 시화 액자를 효정이 발끝

으로 툭툭 쳤다. 효정은 작품을 내지 않았다.

그 옆에 있는 액자는 지양의 시였다. 제목이든 본문이든 무슨 말인지 이해할 수 없었다. 효정은 그 앞에 일 초도 머물지 않고 바로 넘어갔다.

"다 유치해. 기만적이야."

그렇게 말하면서 「어머니와 나」라는 제목의 다음 액자를 또 열심히 찼다. 지양이 옆에서 자국 나, 안 돼, 하고 말했다. 효정은 짜증이 났다. 자신이 일부러 지양의 액자를 건너뛰고 모르는 척하고 있음에도 지양이 아무런 타격을 받은 것 같지 않은 게.

"이런 자리에는 어떤 작품도 절대 내놓을 수 없지. 아무도 이해해주지 못할 텐데."

효정이 그렇게 말하며 옆을 흘끗 보았다. 지양의 시선이 지양 자신의 액자에 머물러 있는 게 또 꼴 보기 싫어졌다.

효정은 절대 쓸 수 없는 글이었다.

2

그래, 한잔 좋지. 호림은 결국 번호를 주고받고서야 지양의 집에서 나올 수 있었다. 집 여기저기에 나뒹굴던 먼지 덩이가 양말에 잔뜩 붙었을 텐데, 그걸 털어내지 못하고 신발을 신은 게 그렇게 신경 쓰였다. 분당 집에서 한 켤레밖에 들고 오지 못했는데. 호림은 신발을 스스로 빨아본 적이 없었고, 아파트 단지 내에 운동화를 맡길 만한 세탁소도 없는 것 같았다.

그래도 술이지. 딱 하루만 같이 마시는 거야.

호림은 입맛을 다셨다. 학원강사가 된 이후로 살이 찔까 무서워 술을 완전히 끊었다. 강사의 외모마저도 경쟁력인 시장이었으니까. 승환이 아주 좋아했다. 승환은 이상하게도 호림이 술을 마시는 걸 그렇게 싫어했다. 제발 안 마시면 안 되느냐고 애원조로 말할 정도였다.

그걸 지켜왔다. 사건 전까지는. 분당을 떠나 나문으로 다시 돌아온 결정적인 계기는 술을 찬장에 숨겨놓고 마시는 걸 승환에게 들켜서였다. 둘 다 요리에는 하등 관심이 없어서 절대 찬장을 열 일이 없다고 생각했는데.

나문에 돌아와서도 술을 제대로 마신 적이 없었다. 승환이 뭐라 귀띔했는지는 몰라도 호림의 부모는 호림이 행여나 몰래 맥주 한 캔이라도 마시지 않을까 눈에 불을 켜고 감시했다. 이상한 일이었다. 말로는 나가서 산책도 좀 하고 친구도 만나라고 하면서, 정작 호림이 움직이면 어디선가 무슨 잘못이라도 저지를까 전전긍긍하는 티가 빤히 보였다. 나이가 벌써 마흔에 가까워지고 있는 딸인데. 그럴 일인가 싶었다.

그래도 친구를 만난다고 하면 좋아하겠지. 호림은 생각했다. 그래, 그래도 술이지. 술만 마시고 오는 거야. 나는 술을 마시기 위해 가는 거야.

　부모는 오후 느지막이 흙을 잔뜩 묻힌 채 돌아왔다.
　"너는, 두부 사 오라니까 진짜 두부만 사고 왔어? 밖에도 좀 돌아다니지."
　엄마의 말에 호림은 대답했다. 아니, 친구 만났어. 두부 줄에서.
　"친구 누구?"
　호림이 나문시에 연락하는 친구가 없단 걸 엄마는 알 것이다.
　"고등학교 동창인데, 학교 다닐 때는 잘 몰랐던 애야. 그런데 나한테 먼저 인사를 하더라고."
　얼굴이 완전히 달라진 호림을 웬만한 동창이 알아볼 리가 없었으나 엄마는 호림이 이름과 얼굴을 바꾼 것을 전혀 인지하지 못하는 척 구는 데 선수였다.
　"그래?"
　"응. 만나서 밥 한번 먹기로 했어."
　"어머, 잘됐다. 그래, 너도 좀 나가서 사람도 만나고 해야지. 원래 친구는 나이 먹어서 친해지는 게 진짜야. 걔 이름이 뭐니? 혹시 엄마가 아는 앤가?"

호림은 베란다를 보았다. 아버지가 엉거주춤 서서는 베란다를 가득 채운 화분에 물을 주고 있었다. 그는 퇴직 이후 일 년에 오 센티미터씩 쪼그라드는 것처럼 보였다. 저런 미래를 가지지 않기 위해 최선을 다했는데, 지금은 자신이 그보다도 못한 삶을 살고 있는 것만 같았다.

"……박영근이란 앤데. 엄마는 모를 거야."

박영근은 고등학교 밴드부 드러머의 이름이었다. 호림이 엉뚱한 이름을 뱉은 이유는 단 하나였다. 엄마가 내심 불안해하는 눈치였기 때문이었다. 유부녀인 딸이 혼자 여기 와 있다는 사실에, 남편과 퍽 다정한 관계는 아니어 보인다는 사실에. 그래서 주장하고 싶었다. 엄마, 나 짱짱하다고.

내 가치는 아직도 높게 매겨질 수 있다고, 분명히.

"영근이? 남자야?"

"어. 나도 학교 다닐 땐 말 나눠본 적 없다니까. 이번에 처음이야."

"걘 무슨 일을 하길래 평일 낮에 두부를 사러 와?"

"나야 모르지. 자영업자일 수도 있고, 휴가일 수도 있고. 옷 입은 것도 그렇고 번듯하니 좋아 보이더라. 두부 사러 차 끌고 왔던데. 웃겨. 두부가 대단한 건지, 걔가 대단한 건지."

어떻게 이런 거짓말을 즉석에서 마구 만들어낼 수 있을

까? 분명 처음에는 엄마가 알고 기피할 게 뻔한 '지양'이
란 이름을 말하지 않기 위한 임기응변이었는데, 점점 허구
에 살이 붙었다.

"명함은 주데?"

"자꾸 그렇게 어른처럼 굴래? 다음에 만나면 받을게."

"결혼은?"

호림은 홧김에 대답했다.

"안 했대."

"어머, 아직도? 뭐 하느라?"

"그럴 수도 있지. 요새는 결혼 안 하는 사람이 더 많아."

"일하느라 영 바빴나 보네, 그치?"

나는 바쁘지 않았나. 호림은 쓴웃음을 지었다. 엄마는
언제나 그랬다. 호림을 생각하는 척하면서, 호림이 하는
일을 폄하하곤 했다. 그깟 학원강사, 임신만 하면 잘리는
것. 아이도 제대로 키우지 못하는 직업.

그러는 엄마는 나를 제대로 키웠나, 엄마가 좋은 양육자
였다는 증거가 어디 있나, 하고 호림은 따지고 싶었다. 그
러나 누구에게 말해봤자 웃음만 살 일이었다. 나쁜 양육
자였다는 증거도 없으니까. 게다가 엄마가 자신을, 적어도
이 동네에서는 아주 남부럽지 않게 키워냈다는 사실을 양
심이 먼저 알았다.

"걔가 예전에도 너한테 관심이 있었나 보네. 시간이 이

렇게 흘렀는데도 어떻게 먼저 기억을 다 했대?"

"오버하네, 또. 근데 나 외간 남자랑 이렇게 만나서 밥 먹어도 괜찮아? 사위한테 얘기도 안 할 건데?"

호림이 묻자 엄마는 대답했다.

"일단 밖으로 나간다는 게 좋은 거야. 승환이한테 비밀로 할 테니까 조용히 다녀와. 걔 뭐 하는지도 좀 물어보고."

지양은 호림을 파리호프라는 가게로 데려갔다. 형산아파트 단지 후문을 나가 골목 몇 개를 지나면 나오는 외진 건물 2층에 있는, 몹시 낡은 술집이었다. 호림은 장미색 소파에 엉덩이를 대고 앉으면서 이 소파의 커버를 언제 빨았을지, 과연 단 한 번이라도 세탁하긴 했을지 불안해했다. 정중앙의 테이블에는 여자 사장이 개 한 마리와 앉아 있었는데, 개는 구불구불한 털을 제외하면 푸들이라고 믿을 수 없을 만큼 살이 쪘고 파란색으로 염색한 양쪽 귀를 늘어뜨리고 있었다. 지양은 웃으며 개를 쓰다듬었다. 좀 크지? 안주를 실컷 얻어먹어서 그래, 하며.

개에게 사람 먹는 음식을 줘선 안 된다는 걸 이 사람들은 모르나. 호림은 아무렇지 않게 이야기를 나누는 사장과 지양을 번갈아 보았다. 그러는 동안 금장으로 테두리를 두른 메뉴판이 도착했다. 호림은 때가 잔뜩 묻은 메뉴판을 손끝으로 넘기며 적당히 가볍게 먹을 수 있는 음식을 골랐다. 자신이 갈망하는 만큼, 아마도 생맥주 한 잔에 소주 한 병 정도, 딱 그만큼의 목마름만 채우고 귀가하겠다 생각하던 참이었다. 그러고서 지양의 연락을 다시는 받지 않겠다고.

사실은 정말 궁금한 게 있었다. 지양이 자신을 어떻게 알아보았는지. 자신이 돈을 쏟아부은 새 이목구비를 비집고 나올 정도로 옛날의 느낌이 몸부림치는지. 소상히 들은 후 다시는 이런 일이 생기지 않도록 시술이든 뭐든 받고 싶은 마음이었다. 침침했던 옛날의 자신과 아직도 단절하지 못한 거라면 무슨 일이든 더 할 수 있었다.

기본 안주인 강냉이와 주류가 먼저 나왔다. 호림보다 지양이 먼저 생맥주잔에 팔을 뻗어 삼분의 이가량을 비우더니 거기에 소주를 따랐다. 그 잔을, 호림에게 내밀었다.

"네 거."

그러고는 황당해하는 호림을 보며 덧붙였다.

"내 것도 말아 줘."

*

효정이 난생처음 마셨던 술은 소주도 맥주도 아니었다.

아빠가 출장 갔어. 그러니까 우리 집에 와서 노래 틀어놓고 술 마시자. 아빠가 사놓은 술 있거든. 위스키래. 그거 마시고 물 채워 넣자. 우리 아빠 아무것도 몰라. 괜찮아.

지양은 그런 말로 효정을 자기 집에 초대했다. 102동 105호. 가기 전까지는 당연히 지양이 고층에 산다고 생각했다. 지양의 엄마가 집에서 투신했다고 들었으니까. 그러나 투신해도 죽을 수 없는 높이의 집이었다니. 어디서 떨어졌던 걸까. 단지와 학교를 떠도는 소문에는 명확히 언급되지 않았다. 그러니 아무도, 지양이 1층에 산다는 사실을 모를 수도 있었다.

그때 효정은 지양의 집이 좁다는 것조차 부러웠다. 가난…… 어쩌면 가난 같은 것도 자신이 원하는 자신의 모습에 일정 부분 필요할지 몰랐다. 다만 아주 불편하지는 않은 선에서.

집에 들어선 지양은 서둘러 오디오 쪽으로 향했다. 효정은 '플레이어'가 아닌 '오디오'를 처음 보았다. 지양은 시디장에서 한 장을 골라와 틀었다. 둘 다 가장 좋아하는 인디 밴드 뉴런하이트의 절판된 첫 정규앨범이었다. 효정은 그 노래를 들어본 적이 없었다. 그 밴드는 실물 앨범이 아닌 경로로 수록곡을 절대 공개하지 않았으며, 불법 MP3로 나돌 만큼 인지도가 있던 것도 아니었으니까.

"너 이 시디 있어?"

"응."

"지금 이거 절판이잖아? 사려면 10만 원 넘던데?"

"발매됐을 때 엄마가 샀던 거야. 우리 엄마가 인디밴드들 엄청 좋아했거든."

효정은 '엄마'라는 존재가 그런 음악을 좋아할 수 있다는 사실에 놀랐다. 효정의 인식 속에서 그런 음악은 기성세대에 반하는, 자신과 부모 사이에 벽을 만들 수밖에 없는 음악이었다. 아니, 벽을 만들기 위해 존재한다고 해도 무방했다.

지양이 낑낑거리며 상을 가져와 거실에 펼쳤다. 그 위에 하얀 천을 깔더니, 유리잔 두 개를 올려놓고 갈색 액체가 가득 찬 병을 나란히 두었다. 탁, 탁. 병이 상에 부딪는 소리가 났다.

"안주야."

가져온 것은 낯선 상표의 외국 과자였다. 영어도 아닌 꼬부랑 글씨가 가득 새겨져 있었다.

"이런 게 집에 있어?"

"아빠가 출장 갔다 오면서 사왔어."

너네 아빠 무슨 일 하시는데? 효정은 묻고 싶었다. 그러나 그 질문이 천박한 어른들의 것처럼 해석될까 봐 그럴 수 없었다. 엄마에게 물어보면 알겠지, 생각하고서 그저 침을 삼키며 지양을 쳐다보기만 했다. 지양이 과자 봉지를 뜯었다. 꼬릿한 냄새가 나는 가루들이 하얀 천 위로 아무렇게나 퍼졌다.

효정은 그날을 자기 인생에서 가장 비참했던 날로 기억했다. 익명의 누군가를 막연히 부러워한 적은 많았으나, 모든 것을 뺏고 싶은 명확한 대상이 눈앞에 드러난 것은 처음이었으니까.

성적이 괜찮은 편이었던 효정은 또래 사이의 인기 같은 건 딱히 중요치 않았다. 오히려 평범한 또래와는 어울리지 못하는 쪽이 자신이 상정한 자신의 상, '특이하고 남다른 아이'의 이미지에 더 알맞았다. 얼굴 예쁜 아이들이 죽을 만치 부럽긴 했지만 대학 가면 금방 예뻐진다는 부모의 말을 믿었다. 담배나 술도 대학에 가서 맘껏 하리라 생각하며 살았고 사실은 나문시를 벗어나기만 한다면 자신은 완전히 달라질 거라고 확신했다. 효정은 달라질 미래를 위해 살았다.

그러나 지금의 자신이 도달할 수 없을 정도로 이미 특별한 누군가가 아무렇지 않은 표정으로 자신과 상을 사이에 두고 바닥에 앉아 있었다…….

둘은 유리컵에 따른 위스키를 꿀떡꿀떡 마시면서 손가락에 주황색 가루를 묻히며 연신 과자를 집어먹었다. 지양은 병의 절반이 빌 때까지는 낄낄 웃더니 곧 흐느껴 울기 시작했다. 우리 엄마가 어떻게, 왜 죽었는지 알아? 지양은 그렇게 소리치며 오디오의 볼륨을 더 높였다. 10만 원을 호가하는 희귀반, 발매 당시에는 아무도 주목하지 않아 '저주받은 걸작'이라 불린다는 뉴런하이트의 앨범이 아무렇지 않게 계속 돌아갔다. 지양은 소리 높여 노래를 따라 불렀다.

그러니까, 저 애는 내가 절대 가질 수 없는 모든 걸 이미 손에 쥐고 있어. 비참함을 느낀 효정은 상상했다. 만약 자신이 훗날 밴드든, 영화감독이든, 그 무엇이든 된다고 하자. 인터뷰어가 묻는다. 어린 시절은 어떠셨어요? 효정에게는 특별히 멋지게 할 말이 없다. 음악 많이 듣고 영화도 종종 보고, 학교 열심히 다녔어요……. 그런 인터뷰를 본다면 효정 자신조차 지루해 덮어버릴 것이다. 그러나 만약 지양이라면?

저에게 취향을 물려줬던 엄마가, 제가 고등학교 1학년 때 스스로 투신해 목숨을 끊으셨어요. 아버지는 집에 잘 들어오지 않았고 저는 아버지가 사다둔 술을 마시면서, 텅 빈 집에서 혼자 엄마가 남긴 희귀반들을, 특히 뉴런하이트 1집을 들었어요. 장판에 누워 볼을 바닥과 맞댄 채로요. 그러면서 죽음에 대한 시를 썼지요.

효정은 지양의 비극이 눈부셨다.

양가적인 감정이었다. 자신이 불행한 것을 원하지 않지만, 불행의 서사는 소유하고 싶은 마음이었다. 나에게도 스스로 목숨을 끊은 엄마가 있다면, 하고 바라게 되는. 효정은 지금의 생활에는 전혀 불편함을 주지 않으면서 '이미 목숨을 끊은 엄마의 존재'만을 갈망했다. 그걸 공짜로 얻을 수만 있다면.

효정이 온갖 평론가들의 글을 읽으며 동경하게 됐지만, 정작 한 번도 들어보진 못했던 앨범의 수록곡을 목 놓아 부르던 지양은 효정이 만취한 후에도 한참 더 술을 마셨다. 윗집 사람이 항의하러 내려와 벨을 눌렀을 때 지양과 효정은 화장실에 숨었다. 조용히 킥킥대던 지양이 욕조에 물을 받았다. 그러고서 옷을 입은 채 그 안에 들어갔다.

효정은 그러지 못했다. 푹 젖은 옷을 입은 채 집에 들어가면 부모가 뭐라고 할지 두려웠기 때문이었다. 그냥 물속에서 손목을 긋는 자신의 이미지만을 상상했다.

나와 같이 평범한 사람이 음악 혹은 영화를 만들었다고 한다면 나는 과연 그를 인정할 수 있을까? 아무리 생각해도 그리하리라는 답을 선뜻 줄 수 없었다. 아마 인터넷에 킥킥대는 댓글을 남기겠지. 그 사람 아버지가 교감이라는데. 엄마는 유치원 원장이라는데. 잘산다는데. 걔는 학교 다닐 때 일탈 한 번 안 했고 심지어 지각도 없다는데. 생긴 건 그냥 평범. 그런데 뭐가 우울하다고 그런 노래를 하고 가사를 쓰지? 그냥 남 따라 하는 거죠. 거기에 무슨 진정성이 있겠어요?

그러자 욕조에 담긴 물만큼이나 눈물을 쏟고 싶어졌다.

"안 들어와?"

"옷 때문에."

"빌려줄게, 내 옷."

"그게 나한테 맞겠냐?"

호림은 자신을 놀리는 것 같아 화가 났으나 정작 지양의 대답은 태평했다.

"어차피 집도 요 옆인데 대충 걸치기만 하고 뛰어가면 되지."

"엄마가 알면, 좀. 모르는 옷 입고 오면 난리 칠 텐데."

그러자 지양이 대답했다.

"엄마가 알면 좋은 거 아니야? 싸울 수 있으니까. 맞서 봐야지, 왜 간섭하고 지랄이냐고. 너 설마 부모가 무서워?"

"절대 아니야."

이어진 지양의 물음에 효정은, 차라리 부모가 무섭다고 대답하는 것이 더 나았으리라는 사실을 금세 알게 되었다.

"그럼 설마…… 사랑해? 진짜?"

효정은 침을 꿀꺽 삼켰다. 지양이 욕조에 얼굴을 푹 담근 채 눈을 뜨고 효정을 바라보고 있었다. 효정은 물속에서 눈을 뜨려는 시도를 해본 적이 한 번도 없었다. 그 사실마저도 사무쳐서 죽고 싶었다.

"들어와."

지양이 다시 말했다.

"여기 들어오면 술 냄새 다 빠질 텐데. 술 마신 거 절대 들통 안 날걸? 정말 안 들어올 거야?"

"친구가 옷을 빌려줬어. 갑자기 생리가 터져서."

딸의 차림을 보고 눈을 둥그렇게 뜬 채 방까지 쫓아 들어온 엄마에게 효정은 변명했다. 엄마가 물었다. 네 옷은?

"……빨아서 갖다주겠대. 학교로."

말도 안 되는 논리라는 걸 효정도 알고 있었다. 지양의 집에서 머문 시간은 네 시간도 되지 않았다. 그 안에 생리를 시작하고 피가 겉옷에 묻어봤자 양이 얼마나 될 것인가. 그리고 윗옷은 왜 갈아입었단 말인가.

거실에서 대화를 듣고 있던 아빠가 논평했다.

"사려 깊은 친구네."

"응. 사려 깊은."

"요새 그런 애가 어디 있냐. 착한 친구네. 끼리끼리 노는 거지."

효정은 희미한 미소를 지으며 엄마에게서 등을 돌렸다. 평퍼짐한 원피스에서 눅눅한 냄새가 났다. 묵은 옷 냄새. 장롱 냄새. 효정은 옷을 입었을 때부터 그 냄새가 신경 쓰였지만 이해할 수 있었다. 엄마가 없으니까. 빨래해줄 엄마가, 없으니까.

엄마가 갑자기 안도하듯 피식 웃더니 효정이 입은 옷의

가슴팍에 수로 놓인 라벨을 잡아당겼다.

"그런데 걔는 어린애가 뭐 이런 옷을 입는다니?"

"왜?"

엄마는 더욱 키득거렸다.

"이건 아줌마들 입는 브랜드인데. 엄마랑 옷을 같이 입나, 걔가? 고등학생인데 아직도? 참 순진한 애네. 맘에 든다, 얘. 우리 효정이는 언제부터 옷을 자기가 사겠다고 떼를 썼더라?"

죽은 사람의 옷이었다니.

효정은 방에 돌아와 옷을 벗었다. 그 옷이 마치 병균 덩어리처럼 여겨져서, 어디에 놓아야 좋을지 알 수 없었다. 침대에 놓으면 자는 동안 지양의 엄마의 혼이 자신을 찾아올 것 같았고, 책상에 숨기자니 부정이라도 타면 어떡하나 싶었다. 밖에 몰래 나가버리고 싶었으나 엄마의 질문 공세에 시달릴까 두려웠다.

결국 늦은 밤까지 뜬눈으로 지새우다가 옷을 들고 베란다로 나갔다. 103동의 베란다에는 지양이 사는 102동이 아니라 104동이 면해 있었으므로 지양 역시 옷이 버려진 것을 절대 알지 못할 게 분명했다. 효정은 옷을 둥글게 말아 품에 가득 쥐고서, 팔을 뒤로 젖힌 후 창밖으로 힘껏 던졌다.

옷은 아주 느리게 떨어지며 점점 펴졌다. 땅에 닿을 즈음에는 마치 사람이 몸을 던진 것처럼 온전한 형체가 되어 내려앉았다.

3

이럴 거면 뭐 하러 날 데려왔지, 라는 짜증보다 호림에게 더 끔찍했던 건 믿을 수 없을 만큼 변한 지양이었다. 내가 저런 애랑 어떻게 친했었나, 의문을 가지면서 지양과 파리호프 사장이 떠드는 것을 지켜보았다.

들자 하니 사장은 단란 주점을 운영하는 남편이 불법 퇴폐 마사지 업소를 하나 더 차리고 싶어 해서 속을 썩이는 모양이었다. 그러나 속을 썩이는 이유가 그 뿐만은 아니었다. 업소를 준비하기 위해 동업을 하는 여자와 아무래도 바람을 피우고 있는 것 같다고 했다.

이 사람들에게는 생각이란 게 없는 게 분명하다. 호림은 실컷 입방아를 찧는 두 사람을 벌레 보듯 바라보았다. 호프집 주인이야 백번 양보해 그렇다 치자. 그러나 지양은? 나와 같은 음악을 듣고 같은 기억을 공유하며 비슷한 것에 울거나 웃던 그 박지양이, 저 여자가 맞나?

겨우 이십 년 남짓한 세월이, 사람을 그렇게 크게 바꾸어버리나?

이들이 나와 같은 시대를 사는 사람이 맞는가? 아니, 아니지. 호림은 생각했다. 나와 같은 시대를 사는 여자들이 저 모양이기 때문에 세상도 이 꼬라지인 거지. 그리고 알잖아? 바로 내가 그 피해자야. 그렇게 판단하니 이해가 조금은 되었고, 그러자 더더욱 자리를 뜨고 싶어졌다. 너무도 흔해 빠진, 병균 같은 사람들. 이들과 한자리에 머물기만 해도 머릿속이 불결해질 것만 같은 기분이었다.

내가 나문에 계속 머물렀다면 지양처럼 변했을까? 자문하니 아찔했다. 그날 술에 취한 채 욕조에 들어갔던 지양은 제게 이런 말을 했다. 너는 결국엔 나를 버릴 거 같아. 그 말이 자신에게 지웠던 짐을 떠올렸다. 그래, 지금 보니 버리는 게 맞았지. 호림은 속으로 곱씹었다. 어떻게 이렇게 미개한 여자가 될 수가 있니, 네가? 속으로 물으니 이상하게 기분이 조금 상쾌해졌다.

그때 가게 문에 달린 종이 딸랑, 소리를 냈다. 사장이 뒤돌아보며 환한 미소를 지었다.

"딸!"

사장은 벌떡 일어나 팔랑팔랑 출입문 쪽으로 향했다. 뚱뚱한 푸들이 그 뒤를 좇았다. 호림도 돌아보았다.

교복 입은 아이 하나가 서 있었다. 사장 딸인 모양이었다. 하긴, 자신보다 십 년은 나이 들어 보이는 사장에게 그

만한 자식이 있을 게 당연했다. 그렇다면 저 아이의 아버지가 퇴폐업소를 운영한다는 건데. 그렇게 생각하자 좀 측은해졌다. 그 돈으로 먹고사는 아이가 과연 옳은 가치관을 가질 수 있을까? 아마 아닐 것 같았다. 게다가 부모의 윤리의식을 고스란히 빼닮았을 테니.

호림은 아이를 가만히 응시했다. 목에 건 헤드폰과 묵직한 가방. 가방에는 인형 두어 개가 달랑달랑 걸려 있었고 배지도 여러 개 달려 있었다. 호림의 눈에 몇 개의 배지가 단번에 들어왔다. 그러자 생각이 우뚝 멈췄다. 어떤 것을 상징하고 어떤 것을 후원하는 배지들인지, 호림은 익히 알고 있었으므로.

"딸, 배고프지? 얼른 밥 볶아줄게. 밥 먹고 가자."

사장이 부산하게 움직였으나 아이는 뚜벅뚜벅 지양의 앞에 가서는 말했다.

"열쇠 줘."

지양이 빙그레 미소를 지으며 대답했다.

"밥 먹고 나서."

그러자 아이가 지양을 잔뜩 노려보더니 그대로 다시 나가려고 했다. 그 아이를 붙잡은 건 푸들이었다. 푸들이 아이의 종아리에 올라타 퍼런 귀를 펄럭이며 낑낑거렸다.

사장 딸이 왜 지양에게 열쇠를 달라고 하는지, 그때까지 호림은 미처 궁금해하지 못했다. 배지에 마음이 뺏겼을 뿐이었다.

호림은 자신이 학원에서 가르쳤던 학생들에게 인기가 많았지만 내심 대부분의 아이들을 좋아하지 않았다. 학창시절에 자신을 따돌렸던 동갑내기들과 겹쳐 보인 탓이었다. 특히 무리 지어 다니는 아이들이 그랬다.

그러나 가끔씩 호림의 마음 언저리를 툭툭 건드리는 아이들이 있었다. 세상이 돌아가는 방식에 환멸을 느끼지만 주로 상처받는 아이들, 사람들끼리 사랑하며 행복하게 서로 돕고 살자는 게 왜 탄압받아야 할 자세인지 이해하지 못하는 아이들, 그래서 또 상처받는 아이들, 호림이 효정일 때 그랬듯 아무도 모르는 것에 몰두하며 자신에게 득되는 것에는 관심 없는 아이들이 아주 가끔씩, 강사인 호림에게 드물게 보였다. 그때마다 호림은 특별한 종류의 애정을 느꼈는데, 승환은 그걸 두고 일종의 시혜적 모성애라고 말한 적이 있었다. 그런 소리 짜증 나, 여자면 다 모성애를 가지는 줄 알아? 승환에게 핀잔을 주자 그는 대답했다.

"너도 솔직히 인정하잖아. 걔네들 부모보다 네가 더 걔들을 잘 이해하고 잘 키워낼 수 있다고 생각하잖아."

그래, 그랬었다. 하지만 모성애라니, 얼어 죽을. 승환은 겨우 그 정도밖에 상상하지 못하기 때문에 같이 살 인간이 안 되었다.

아이가 푸들의 이름을 불렀다. 버터야. 푸들이 꼬리를
흔들었다. 호림은 일어서서 화장실의 위치를 물었다. 저
앞 카운터에, 캥거루 인형 달린 열쇠가 있어. 가지고 나가
서 1층으로 내려간 다음 오른쪽으로 꺾어서 다시 한 층 올
라가면, 거기. 휴지 가져가. 사장 대신 지양이 먼저 대답하
고는 이내 술잔 쪽으로 시선을 돌렸다. 호림은 카운터로
나가다 말고 아이에게 다가가 말을 걸었다.

"배지가 예쁘네. 여기저기 관심이 많은 친구구나."

아이가 호림을 쳐다보았다. 호림이 그중 한 배지를 가리
키며 다시 입을 열었다.

"나도 이 배지 있는데. 후원해서 받았어. 그거 맞지? 레
페리어 배지."

아이가 눈을 둥그렇게 뜨고 물었다. 레페리어를 아세요?

"알지. 레페리어 1집 내기 전에 공연 돌면서 팔았던 EP
도 갖고 있는데."

"진짜요?"

"응. 그런데 버터는 누가 이렇게 염색을 해줬어? 엄마
가? 네가?"

그러자 아이가 대답했다.

"저희 강아지 아닌데요."

"그래? 여기 강아지가 아니라고?"

"아뇨, 호프집 강아지는 맞죠. 그런데 제 강아지가 아니라고요."

뒤에서 다시, 딸! 하는 소리가 들렸다. 그 소리엔 대답하지 않은 채 아이가 중얼거렸다.

"호프집 사장님 딸이 아니고요 저는, 그 옆에 있는 사람 딸이라고요……."

호림이 놀라 바라보니 아이가 눈을 가늘게 뜬 채 물었다.

"레페리어를 좋아하는 분이 왜 우리 엄마랑 술을 먹어요? 우리 엄마 진짜 빻았어요. 모르세요? 절대 친해지지 마세요. 쓰레기니까."

그러더니 카운터에서 열쇠를 가져와 호림에게 건넸다. 뒤에서 딸! 이라고 사장이 재차 고함을 쳤다. 아, 씨발. 아이가 나지막이 중얼거렸다. 아마 호림이 자신의 모습을 가려줄 것을 계산했으리라. 그래, 지긋지긋하겠지. 벗어나야겠지. 호림은 속으로 생각하며 물었다.

"화장실 어딘지 잘 모르겠는데, 같이 나가서 안내 좀 해줄래?"

아이는 가장 외진 테이블에 앉아 이어폰으로 귓구멍을 틀어막고 묵묵히 김치볶음밥을 퍼먹었다. 호림은 지양에게 말했다. 난 전혀 몰랐어, 네가 그렇게 빨리 애를 낳은 줄은…….

"네가 어떻게 알았겠어. 쟤 가진 이후로 너 만난 적이 없
는데."

"그럼 지금 쟤가……."

"이제 고1이야. 스무 살 초가을에 가져서 스물한 살 때
낳았으니까."

그러나 호림은 102동 105호에서 남자의 흔적을 전혀 발
견하지 못했었다. 지양이 물었다. 애 아빠 어딨는지 궁금
해 죽겠지?

"아니."

호림은 대답했다.

"애 아빠가 뭐가 중요해. 그런 거 일일이 따지는 게 진짜
구리지."

지양이 픽 웃더니 버터와 놀아주고 있던 사장을 향해 외
쳤다.

"그렇단다. 언니 들었어?"

그러자 사장은 노래하듯 가락을 붙여 대답했다. 우리가,
촌년들이라, 그런 걸, 잘 모르나 보다 하고.

이들이 조롱하든 말든, 호림에게는 지금 자신의 시야에
들어온 저 아이가 더 중요했다.

레페리어가 가장 최근에 낸 싱글의 가사는 성범죄를 당

한 여자의 시점으로 쓰였다. 밴드는 배지가 딸린 실물 싱글을 발매한 후 그 수익금을 성범죄 피해자 단체를 위해 기부하겠다고 공언했다. 호림이 샀던 그 배지를 아이가 가방에 달고 있었다. 그렇다면 저 애는, 마사지 업소의 운영 따위에 대해 떠들고 있는 나이 든 두 여자, 자신을 딸이라 부르는 사장과 생모의 밑에서 얼마나 힘들게 버티고 있을까. 호림은 둥글게 말린 아이의 등을 보며 계속 상상할 수밖에 없었다.

핸드폰을 낮게 들었다. 조금 전 저장한 번호와 연동되어 카카오톡 메신저에 새로운 프로필이 떴다. 구린내가 잔뜩 나는 화장실 앞에서 아이가 호림에게 먼저 번호를 물었다. 레페리어를 아는 분을 이렇게 우연히 만난 게 신기해서요. 혹시 알려주시면 안 될까요? 호림은 대답했다. 안 될 거 없지. 아이는 조금 더 절박한 목소리로 말했다.

"그런데, 설마 진짜로 엄마 친구는 아니시죠?"

"아니, 맞아. 나 너희 엄마 동창이야."

아이는 뜨악한 표정으로 호림을 바라보았다. 그러더니 되물었다. 동창이었던 거지, 지금은 친구 아니죠?

"음, 고등학교 졸업하고 처음 만났어."

그러자 금세 안심하는 표정이 되었다.

"친해지지 마세요. 저런 사람이랑 친해지는 거 아니에요. 옳아요."

아이의 프로필 사진은 배지가 붙어 있는 가방의 근접 숏. 상태 메시지는 '죽음충동'이었다. 저장을 위해 호림이 이름을 물었을 때 성연이요, 하고 답이 돌아왔다. 성연? 예쁘다, 외자 이름이니? 호림의 말에 성연은 망설임 없이 대답했다.

"성은 별로 말하고 싶지 않아요. 엄마 성 딴 거라서요."

*

효정의 엄마는 발이 넓었다. 효정은 학교에 친구가 없었지만 엄마는 학부모회에 능숙하게 드나들고 여기저기서 모임도 자주 가졌다. 그럴 때마다, 학교에 대해 그리고 아이들에 대해 효정보다 더 많은 정보를 얻어오곤 했다.

"엄마 돌아가신 그 애는, 학교생활 잘하니?"

저녁 식사 자리에서 엄마가 효정에게 물었다.

"잘 몰라, 왜?"

"아니, 그냥. 신경이 쓰이잖아."

"조용한 애야."

"특별히 친한 애는 있어?"

"……몰라. 신경 안 써. 왜?"

엄마가 한숨을 쉬었다. 아니, 그게 글쎄…….

"애한테 못 할 말 하는 거 아니야."

엄마의 말을 끊은 건 아버지였다. 엄마가 무언가에 얻어 맞은 표정으로 아버지를 바라보았다. 그러나 더 놀란 건 효정이었다. 아버지는 한 번도 엄마의 말을 그런 식으로 묵살한 적이 없었는데.

엄마가 수저를 탁 내려놓고서 다 먹지도 않은 밥그릇을 들고 일어섰다. 그걸 그대로 싱크대에 던지고 수전을 틀었 다. 콸콸 소리가 났다. 효정은 아버지의 눈치를 보았다. 아 버지 역시 조금은 당황한 기색이었다. 당연히도.

"소화가 안 되네."

엄마는 말하더니 그대로 안방에 들어가버렸다. 아버지 가 효정을 보았다. 뭐 해? 얼른 따라 들어가. 효정이 속삭 였고, 아버지는 먹던 걸 그대로 내팽개친 뒤 서둘러 자리 를 떴다.

효정은 닫힌 안방 문에 귀를 댔다. 부모의 목소리는 엿 듣기에 충분히 컸다. 그들은 딸에게 대화를 숨길 생각이 없어 보였다.

아니, 오히려 알리고 싶어 했다. 효정은 부모의 의도를 눈치챌 수 있었다. 그들은 바보가 아니다. 교감인 아버지 는 나문시의 모든 학교에 아는 사람이 하나씩은 있을 정 도로 마당발이고, 엄마는 학부모회 터줏대감이다. 자신이 학교에서 겉돌고 있다는 것도, 지양과 친하게 지낸다는 것 도 어디선가 이미 들었을 것이다. 그러나 그런 친구와 놀지 말라고는 할 수 없겠지. 모르는 아이를 규정하고 단속하는 건 선량한 이 부부의 방식이 아니다. 대신 이런 식으로 알게끔 하는 것이다. 그 아이와 어울리지 말라는 자신들의 의도를.

그들이 몰랐던 게 하나 있다면 효정이 지양의 모든 걸 가슴 아프도록 질투하고 시기한다는 사실이었다. 안방 문틈으로 새어나온 말들은 그 질시에 방점을 찍은 것이나 마찬가지였다.

자식의 알권리와 나이에 맞지 않는 수위 높은 정보에 대해 쑥덕공론을 벌이던 부모는 오 분 후 온화한 표정으로 식탁에 돌아와 식사를 마저 했다. 밥그릇을 물에 담가버리는 바람에 더 먹을 밥이 없던 엄마를 위해 아버지가 직접 새 그릇을 찬장에서 꺼내와 자신의 밥을 덜어 주었다. 엄마가 환히 웃었다.

학부모회의 다른 사람들도 분명 똑같은 이야길 들었을 테고, 똑같이 제 자식들에게 전했을 터였다. 궁금해 죽을 지경이었으나 혹시 그 얘기 알아? 하고 물어볼 상대가 효정에게는 없었다.

지양과 효정의 고개는 국어 시간에 가장 가까웠다. 주요 과목이라 교실에 자주 들어오던 국어 선생이 내내 교과서만 읽은 덕에 이어폰을 나눠 끼고 음악을 들을 기회가 그만큼 많았다. 각자의 옷소매에 줄을 넣고 이마를 맞대면 이어폰이 보이지 않았다. 시디플레이어에 걸린 음반은 언제나 지양이 가져왔다. 엄마의 유품인 희귀반일 때도 있었고, 자신이 직접 구워온 컬렉션일 때도 있었으며, 음악 잡지나 웹진에서 배포하는 '샘플러'일 때도 있었다. 둘은 음악을 들으며 빈 공책에 낙서를 했다.

'난 서울로 대학 가서 꼭 밴드 할 거야'

효정의 낙서에 지양이 답했다.

'너 노래 잘 하잖아 할 수 있을걸'

'근데 적어도 리듬기타는 칠 수 있어야 하지 않을까'

'엉 그건 맞아 그리고 나중에 곡 쓸 때도 코드는 알아야 하니까?'

'언제 다 배우냐'

'지금 배우면 안 돼?'

'지금은'

지금은, 까지 쓰고 효정은 머뭇거렸다. 지금은 공부해야 해? 지금은 때가 아니야? 지금은 할 일이 많아? 지양에게 보이기에는 모두 부끄러운 개소리였다. 무슨 말을 해도 자신이 지는 게임이었다.

잠시 마가 뜨는 동안 시디가 다 돌아갔다. 지양은 국어 선생의 눈치를 보며 서랍에 손을 넣어 판을 새로 갈았다. 침묵의 찰나에, 교과서만 읽는 걸로 유명하던 국어 선생의 말이 효정의 귀에 들어왔다.

"이건 책에 없는 건데 시험에 꼭 낼 거니까……."

그리고 그 순간 지양이 플레이 버튼을 눌렀다. 효정은 눈을 동그랗게 떴다. 가슴이 쿵덕거렸다.

'책에 없는 건데 시험에 꼭 낼 거니까.'

그 말을 듣지 못했더라면 차라리 속이 편했을 텐데. 분명 국어 선생의 수업은 듣지 않아도 성적에 아무 지장이 없는 걸로 유명했는데, 무슨 바람이 불어 이런 짓을 하는 것인가. 이어폰 속에서 디스토션을 잔뜩 먹인 기타가 지저분하게 오픈코드를 쳐댔다.

이어폰을 빼야 해. 효정은 생각했다. 이어폰을 당장 빼고, 시험에 나온다는 내용을 들어야 해. 그러나 그런 모습을 보여버린다면, 지양이 자신을 어떻게 생각할지 상상만 해도 끔찍했다. 지양이 친구를 가지고 싶어 하는 모습을 조금이라도 보여주는 아이였다면 오히려 편했으리라. 그랬다면 자신이 유일한 친구라는 면에서 권력을 가질 수 있었을 테지. 그러나 지양은 그러지 않았다. 혼자 버려진다면 혼자를 즐길 것처럼 보였고, 그러면서 여전히 자신을 업신여길 것만 같았으며 만에 하나 지양과 취향이 통하는 아이가 하나라도 더 생긴다면 둘이서 자신을 두고 얼마나 우스운 아이인지 낄낄거릴 게 눈에 뻔하다고 효정은 생각했다.

그래도 다른 쪽 귀가 있으니까, 하고 이어폰을 끼지 않은 쪽에 정신을 집중하는 순간 지양이 볼륨을 높였다. 옆을 보자 지양이 환하게 웃으며 교과서 한구석에 미리 써놓은 메모를 가리켰다.

　'노래 좋지? 이거 진짜진짜 희귀반. 너는 누구인지 아예 모를걸'

　왜 급격히 울음이 터졌는지 모를 일이었다. 어쩌면 일종의 구조 신호였을 수도 있다. 효정이 엉엉 소리를 내기 시작하자 지양이 손날을 홱 쳐서 이어폰을 귀에서 빼낸 뒤 서랍 속에 숨겼다. 학급 아이들의 눈이 온통 효정 쪽을 향했다. 국어 선생이 놀라 물었다. 무슨 일이지? 효정은 눈가를 훔치며 말했다. 아니요, 그냥 슬픈 생각이 났어요. 죄송해요. 정말 죄송합니다……

　국어 선생은 당황한 듯 보였다. 수업 시간에 누군가 갑자기 울음을 터뜨리는 상황을 자신의 장악력에 대한 결여로 인지한 듯 몇 번씩 말을 더듬거렸다. 그래서 효정은 그때부터 수업 내용을 필기할 수 있었다. 적으면서도 지양의 눈치를 계속 보았다. 지양의 샤프는 움직이지 않았다. 효정은 지양이 자신을 겨우 성적 따위에 연연하는 아이로 평가할까 몹시 두려웠다.

　그러나 더 끔찍했던 것은 처음부터 그 시점까지의 수업 내용을 여전히 알 길이 없다는 사실이었다. 수업이 끝났을 때 지양은 효정의 턱에 제 눈을 가까이 붙이고서 물었다. 왜 울었어? 무슨 일 있어? 왜 그래, 속상한 일 있었어?

"사실은 집에 일이 있었어."

효정은 눈물이 마르는 바람에 잔뜩 건조해진 볼을 문지르며 대답했다.

"그게 갑자기 생각났어. 그래서 그랬어."

시험에 나온다던 그 내용을 듣지 못해서, 라는 말은 죽어도 할 수가 없었다.

"어떤 일?"

"그냥, 부모님 일이야."

효정은 아무렇게나 꾸며냈다. 왜 그런 거짓말이 나왔던 걸까.

"며칠 전에 심하게 맞았어. 나는 이유도 모르겠는데."

그 대답에 지양이 눈을 둥그렇게 떴다.

"……나한테 그런 말 안 했었잖아. 부모님이 때린다는 말."

"어떻게 모든 얘길 다 시시콜콜 해."

"진짜 때려? 너희 엄마 아빠도?"

"자주 때려."

"어쩐지……."

지양은 서랍 속의 시디플레이어를 열어 음반을 교체하며 말을 이었다.

"어쩐지, 나는 네가 행복한 줄 알고 왜 이런 노랠 좋아하나 생각했어. 이제 이해가 돼. 너도, 나도 다 비슷했던 거야. 그러니까 서로를 알아봤지."

그러더니 묻는 것이었다.

"그럼 나랑, 가사 쓰기 연습 할래?"

"가사를 어떻게 써?"

"그냥, 기존에 있는 노래에다가 가사만 새로 만들어 붙이면 돼. 나중을 위한 연습이지. 나중에 자작곡 만들 연습. 되게 쉬워. 공책에 교환 일기처럼 쓰자."

넌 해봤어? 또다시 질 것 같다는 직감에 휩싸이면서도 효정이 물었고 지양은 웃으며 고개를 끄덕였다.

그렇게 두 사람은 교환 일기장을 만들어 자신의 부모를 욕하는 가사를 써서 서로에게 공유하기 시작했다.

그러나 효정은 지양이 화장실에 가고 없을 때 바삐, 한 번도 말을 섞은 적 없던 아이에게 찾아가 국어 선생이 뭐라 말했는지를 물었다. 그 아이를 택한 이유는 간단했다. 집에서 효정의 엄마가, 그 아이 엄마에 대해 자주 이야기했기 때문이었다. 두 사람은 같은 패거리에 속해 있었다.

"여기."

아이가 마뜩잖은 표정으로 공책을 건네주었다. 효정은 빠르게 내용을 옮겨 적었다. 눈은 공책과 교실 뒷문을 바삐 오갔다. 지양에게 이런 모습을 들키고 싶지 않았다.

4

호프집에는 손님이 단 한 테이블도 더 오지 않았다. 취한 건 지양이 먼저였고 그다음이 사장이었다. 호림은 멀쩡했다. 먼저 들어가라는 호림의 말에도 성연은 부득부득 자리를 지켰다. 오후 열한 시가 넘어가자 성연이 하품을 하기 시작했는데, 다행히 때맞춰 호림의 핸드폰이 요란하게 울렸다. 엄마나 아버지겠지, 전화를 받을까 뒤집어놓을까 생각하는데 사장이 화면을 훔쳐보고서 요란을 떨었다.

'남편승환♥'

호림은 자리를 뜨지 않은 채 전화를 받았다. 승환은 호림이 전화를 받을 때 항상 이 초가량 침묵하곤 했다. 주변 소리를 듣기 위해서. 곧 승환이 다정한 목소리로 물었다. 어디야?

"고등학교 동창이랑 한잔하고 있어."

"아, 진짜? 미리 말하지. 그럼 전화 안 했을 텐데. 노는데 방해됐겠네."

매일 아침 메시지만 보내는 인간이면서 연극은 개뿔. 호림은 그렇게 생각했으나 한술 더 떴다.

"그래, 방해된다. 다 큰 마누라 뭐가 걱정이라고 이렇게 전화질이냐?"

"아니, 보고 싶으니까 그랬지. 집에는 언제 올 거야?"

"나문 집, 아니면 분당 집?"

승환이 경운기 소리를 내며 웃었다. 승환이 엄마의 사주를 받아 전화했다는 걸 호림은 알고 있었다. 그렇지 않다면 절대 먼저 자신의 목소리를 듣고자 했을 리 없다.

통화를 마치자마자 사장은 남편이 스윗하다며 칭찬을 퍼부었다. 호림은 약간 의기양양한 기분이 되어서 지양을 바라보았다. 그러나 사장이 성연의 등을 탁 내리치는 소리에 정신이 들었다.

"이봐, 자칭 화려한 싱글녀. 저런 남편이면 너도 결혼하고 싶지 않겠니?"

호림은 잽싸게 대신 대답했다.

"에이, 뭐가요. 말로만 이러는 거지 허점이 얼마나 많은데요."

사장이 장단을 제대로 맞추었다.

"아이고, 서울 언니, 진짜 허점 많은 사람 마누라는 그런 말도 절대 못 해요. 그러지 말고 남편 자랑 하나만 해보자. 나도 그런 얘기 좀 듣자고요, 속 썩이는 남자 말고, 좋은 남자 얘기."

호림은 손사래를 치는 시늉을 하다가 두어 번 더 요청을 듣고서야 마지못해 하는 듯 대답했다.

결혼하고 저한테 단 한 번도 화를 낸 적이 없고요.

저랑 음악 듣고 책 읽고 문화생활하는 취향이 정말 똑같고요.

무엇보다 사람이 도덕적이어서, 남부끄러운 일은 절대 하지 않아요.

사장은 박수를 치더니 양손을 흔들었다. 그거면 됐지, 그거면 됐어, 환호하며. 자신이 지금까지 무슨 말을 해왔는지는 까맣게 잊은 눈치였다.

호림은 성연과 지양 중 누구를 먼저 볼까 고민하다가 성연 쪽에 시선을 두었다. 호림을 물끄러미 쳐다보고 있던 성연은 놀란 표정을 지으며 시선을 급히 아래로 내렸다.

그날 사장과 지양은 잔뜩 취한 채로 2차를 부르짖었다. 호림의 팔을 붙든 두 사람을 막아선 것은 성연이었다. 그만 좀 해! 창피해 죽겠어! 가려면 둘이서 가지, 왜 관심도 없는 사람을 끌어들이고 난리야! 성연의 성화에 사장이 혀가 잔뜩 꼬인 채 대답했다. 왜? 왜 네가 생전 처음 보는 아줌마 마음을 아는 것처럼 굴어? 저 아줌마도 가고 싶을 수 있지. 얼마나 좋은데. 그럼 우리 물어보자. 으응? 물어

보자구우.

나는 아줌마가 아니야, 호림은 그렇게 생각하며 억지로 미소를 지었다.

"무시하세요. 진짜 지긋지긋해."

마침내 두 사람에게서 호림을 떼어낸 성연이 한숨을 쉬었다. 지양과 사장은 사라지고 없었다. 호림과 성연은 두어 뼘 정도 거리를 두고서 단지 안으로 천천히 걸음을 옮겼다.

"저 사람들한텐 생각도 개념도 없거든요. 2차로 노래방 가겠지. 뻔해요, 저 앞에 공원노래방이요. 거기 가서 아저씨들 있는 다른 방이랑 합석하고. 술 얻어먹고 오고. 술 먹다 또 뭘 하는지 알 게 뭐야. 끔찍해."

성연의 말에 호림은 무언가 해명을 해야 할 것 같았다. 그러니까 지양에 대한 해명이 아니라, 왜 자신이 지양의 친구였는지에 대한 해명.

"너희 엄마, 옛날엔 나랑 잘 통하는 친구였는데……."

성연은 곧바로 대답했다.

"사람 망가지는 건 한순간이죠. 늙어서 저렇게 되지 않으려고 지금부터 엄청 노력하고 있어요. 그냥 모르는 사람이었으면 좋겠어요."

집에 돌아온 호림은 아직 자지 않고 있는 부모에게 대충 인사를 한 뒤 방으로 돌아와 서둘러 성연에게 메시지를 보냈다. 자신의 인스타그램 링크를 함께 덧붙여서.

'레페리어 덕질하는 계정이야. 같이 덕질하면 좋으니까.'

곧바로 누군가가 호림을 팔로우했다는 알림이 떴다.

성연의 메시지가 왔다.

'와 팔로워 진짜 많으시네요. 근데 다 젊은 애들. 멋있다.'

호림은 대답했다.

'학원 선생이었으니까. 제자였던 애들이지 뭐.'

'학생들이 선생이라고 다 팔로우하나요? 마음이 맞아야지. 애들도 아무나 좋아하지 않아요.'

호림은 웃으며 성연의 계정에 들어갔다. 성연의 계정은 비공계가 아니었음에도 팔로워가 열 명이 채 되지 않았다. 성연의 모습이 나온 사진은 한 장도 없었다. 모두 흐릿하게 주변의 풍광을 찍은 것뿐. 어린아이가 보는 나뭇시의 모습. 옛날에 집을 떠난 호림은 잘 알지 못했던, 허물어지는 형산아파트 단지의 모습. 사람이 없는, 사람을 일부러 소거한 학교의 모습들. 사진은 모두 흑백이었다. 호림은 성연을 맞팔로우했다. 그러고는 성연의 사진들을 하나하나 클릭해 적혀 있는 글까지 확인했다.

아. 호림은 생각했다. 얘는 진짜야. 스스로의 말에 동의하듯 고개를 끄덕이면서 곧 지양과 성연이 얼마나 반목할

지를 떠올렸다. 정말 힘들 거야, 라고 생각했는데 지양에 대해서가 아니라 성연에 대해서였다. 그런 엄마를 둔 아이가, 아버지도 없는 상태에서 이런 것들을 좋아하고 세상의 일그러진 모서리들에 관심을 가지고 있으니 얼마나 불행하겠어. 맘 붙일 데 하나 없겠지……

호림은 그 서사가 탐났다.

문을 노크하는 소리가 났다. 응, 하고 호림이 말하자 엄마가 문 너머 고개를 빼꼼 들이밀었다.

"아직 안 자는 것 같길래."

"오늘 본 친구랑 연락 좀 하느라고."

"아빠랑 뒷산에 좀 가달라고. 주말에."

엄마는 문득 생각난 척 물었다.

"오늘 동창은 잘 만났어?"

그게 본론이겠지. 호림은 또 이것저것 지어냈다.

"엄마, 내가 그래도 나이를 먹으면서 예전보다 좀 매력 있는 사람이 됐나 봐?"

"그래?"

"응, 지금도 집에 들어가자마자 먼저 메시지가 오는데?"

엄마가 웃더니 말했다.

"잘 맞으면 좋겠네. 말 잘 통하는 그런 친구 있으면 좋지. 승환이도 긴장 좀 시킬 겸."

"무슨 말을 해도. 불순한 마음 하나 없어."

엄마는 대답했다.

"불순한 마음이 없어도 있는 척해야 사람이 정신 차리고 그래. 네가 몰라서 그러지. 승환이 개 요새 영 그렇잖아, 아니야? 엄마가 잘못 봤니?"

호림의 부모가 아는 것은 하나. 둘까지는 아니었다.

부모는 호림이 제자 한 명에게 지나친 관심과 애정을 쏟다가 그 부모로부터 비정상적인 시기와 질투를 샀다고 알고 있었다. 세상에, 부모 노릇을 오죽 못 했으면 애도 없는 우리 딸이 엄마가 되고 싶어 했겠어? 호림의 부모는 그렇게 생각하며 호림을 감쌌다. 애가 얼마나 불쌍했으면. 아니 도대체, 그 부모는 반성부터 하고 또 학원 선생이 자기 애 예뻐하면 고마워할 줄을 알아야지. 똥 밟았다 생각해, 우리 호림이. 똥 밟았다고.

부모가 알지 못했던 것은 학생의 성별과, 그 두 사람이 어디에서 발각되었는가, 하는 것이었다. 당시 열여섯이었던 남자아이와 호림은 호림과 승환의 집에서 발각되었다. 승환이 제 어머니를 뵈러 간다며 외박을 한 날이었다. 그때 당시 그 아이에게서는 술 냄새가 났다.

맹세컨대 호림은 불순한 의도가 전혀 없었다. 그 아이는 호림보다 키가 작고 말랐다. 이성적으로 여겨질 일도 없었다. 매일 음악이나 영화 얘기만 나누었다. 독실하고 부유한 기독교 집안에서 자란 아이는 집에만 있어도 호흡이 가빠지고 죽을 것 같다며 호림의 앞에서 몇 번이고 눈물을 펑펑 쏟았다. 그날은 아예 캐리어를 끌고 가출을 해서는 귀띔도 없이 호림을 찾아왔다. 호림은 아주 오래 주저하다가 집에 들어오는 것을 허락했다. 유기된 개처럼 풀죽은 아이를 소파에 재우는 것은 아닌 것 같아서, 깨끗이 씻게 한 후 부부의 침대에 눕혔다. 자지 않으려 하기에 승환 모르게 숨겨놓은 술을 몇 잔 먹이고 자신은 거실에 나왔다. 아이가 완전히 잠든 것을 본 뒤에는 드레스 룸에 들어가 새로 배송 온 옷들을 뜯어보고 있었다.

공동 현관을 어떻게 통과했는지 알 수 없는 외부인이 초인종을 누르는 게 아니라 문을 쿵쿵 두드리기 전까지는.

엄마가 나간 뒤 호림은 성연이 보낸 새 메시지를 읽었다.
'혹시요, 혹시 엄마 없이도 저를 만나주실 수 없나요?'
정말 호감이 안 갈 수가 없지, 이렇게 또박또박 메시지를 쓰는 아이라면.
'혹시요는 무슨 혹시요야. 마땅한 호칭 만들어, 네가. 그럼 만나줄게.'

"여기, 혀에 골이 나 있으면 키스를 많이 해본 거래."

고등학교 2학년이 되었을 때 자신의 반에 밴드부 여자 보컬이 있는 걸 알게 된 호림의 기분이 얼마나 땅바닥 아래까지 꺼졌었는지. 보컬은 같은 학교 안에서도 남자 친구를 끝없이 바꿔치기하는 것으로 유명했다. 중학교 때는 개를 보러 다른 학교에서도 구경꾼들이 몰려들었다고 했다. 효정은 언제나 생각했다. 쟤는 노래도 못하고 밴드 음악에 대한 이해도 없으면서 그냥 예쁘기 때문에, 인기가 많기 때문에 보컬이 된 것뿐이라고. 밴드 내에서도 드러머를 빼고 다 사귀어 보았다고 했다. 드러머는 사귀지 않았다는 사실이 효정을 얼마나 안도하게 했는지 몰랐다.

그 드러머와 개인적으로 아는 사이도 아니었으면서.

종종 야자 쉬는 시간마다 보컬은 아이들을 둥그렇게 앉혀놓고 서로의 혀를 내밀게끔 시켜댔다. 아이들은 개가 시키는 대로 혀를 낼름낼름 내밀었다. 누구의 혀도 보컬의 것보다 골이 깊게 파이지는 않은 듯 보였다. 옆자리에 있던 지양은 잠이 든 듯, 엎드린 채 어깨를 고르게 위아래로 움직이고 있었다. 효정은 아이들이 모여 있는 쪽을 계속 힐끔거렸다. 들키지 않을 것 같아서 급히 서랍 속에서 손거울을 꺼냈다. 고개를 푹 수그리고, 잽싸게 자신의 혀를 내밀어 보았다.

키스도 안 해봤으면서, 혀에 골이 나 있을 리가 없었다.

효정은 혀를 쑥 집어넣고서 다시 고개를 들다가 보컬과 눈이 마주쳤다. 보컬은 눈을 둥그렇게 뜨고 효정을 보더니, 씩 웃어 보였다. 효정은 고개를 틀어 지양의 뒤통수를 바라보는 척 굴었다.

그때 보컬이 말했다. 야, 근데 솔직히 키스 뭐, 별로지 않냐? 아무 생각 안 나고 더럽기만 해. 침 냄새 나고.

"맞아."

"진짜."

"난 다신 안 하고 싶었어."

주변 아이들이 장단을 맞췄다. 보컬이 다시 내뱉었다.

"그게 기분 좋다, 로맨틱하다 생각하는 애들은 다 안 해보고 상상만 한 애들이지. 뻔해. 야 씨발, 무슨 동굴처럼 축축하고 냄새나고. 혀가 무슨, 뱀 같아. 징그러운 뱀."

둥그렇게 모여 앉은 아이들이 의견에 찬동했다. 효정은 서랍 속에 손을 집어넣었다. 지양과 함께 쓰는 교환 일기가 손에 잡혔다.

효정은 그런 상상을 자주 했다. 가까운 미래에 부모의 기대를 완전히 저버리려면 어떤 방식이 제일 좋을까. 입시 실패. 문신과 피어싱. 기타를 들고 사람들 앞에서 춤추는 미친년이 되어버리기. 그런 상상들을 교환 일기에 적었다. 그럴 때마다 지양은 이렇게 대답하곤 했다. 하지만 너희 부모님은 너를 정말 사랑하시니까 그런 것들은 그다지 큰 문제를 일으키진 않을 것 같은데.

호림은 화가 나서 답장했다. 아니, 네가 잘 몰라서 그렇지 우리 엄마 아빠도 장난 아니라니까? 내가 말했잖아, 때린다고. 그러고서 때리는 부모에 대한 가사를 또 쓰는 식이었다.

지양이 느닷없이, 효정이 하나도 이해할 수 없는 가사 형태의 일기를 쓴 건 일주일 전이었다. 동굴에서의 배밀이, 미끈거리고 더운 느낌, 축축한 형태 그리고 예고 없이 몰려들어 시야를 덮는 뱀 떼에 대해서. 효정은 집에 공책을 가져가 새벽 네 시까지 그걸 반복해 읽었다. 이게 무슨 소리냐고 지양에게 물으며 이해하지 못했다는 티를 내자니 차라리 죽고 싶었는데, 무슨 이야기인지 정말 알 수 없었기 때문이었다.

오히려 보란 듯 답장을 더 난해하게 써볼까 생각하지 않았던 건 아니었다. 그러나 아무리 시도해도 뜻이 빤히 보일 뿐이었다.

미워.
효정은 생각했다.

미워 죽겠어.

결국 아무것도 쓰지 못한 채 며칠이고 그 공책을 들고
학교에 오갔다. 지양은 오지 않는 답장에 아무런 신경을
두지 않는 눈치였고 효정에게는 그게 더 상처였다. 효정은
그날까지도 뾰족한 수를 내지 못하고 있었다.

그랬구나. 보컬의 말을 듣자마자 효정은 지양이 키스에
대한 글을 썼다고 확신했다. 얼른 집에 가고 싶어졌다. 한
시라도 빨리 가서, 자신을 옭아맸던 지양의 언어들을 해독
했음을 자신의 언어로 공표하고 싶었다. 그래, 키스에 대
한 이야기였어. 키스, 일탈. 부모에 대한 배신이지. 그런데
겨우 키스 가지고 젠체하기는. 애들도 저렇게 많이 해봤다
는데……까지 생각하니 자신은 키스는커녕 남자의 손도
잡아보지 않았다는 사실에 다시 비참해졌다. 그러나 맘을
추스렸다. 박지양도 해본 건 아니겠지. 그냥 상상일 거야.

효정은 야자를 끝내고 집에 돌아와 키스에 대해 썼다.

지양은 다음 날 바로 답변을 주었다. 답변에 온통 볼펜
똥이 묻어 있었다.

'나는 그런 생각했어. 한 아이가 부모에게 가장 크게 저
지를 수 있는 배신은 사랑 없는 섹스를 하는 자식이 되는
게 아닐까? 자신을 만들었던 그 행위를 우습게 보는 거.

키스가 아니라 섹스 얘기였어.

너 아직 섹스 안 해봤지? 너는 절대로 안 해봤으면 좋겠어. 개더러워.'

하나를 예상하면 언제나 열을 실행하는 애. 도대체 어떻게 그 속내를 뛰어넘을 수 있을까.

효정은 답변을 읽은 뒤 하루 종일 양호실에 가 있었다. 학교 수업을 빠지는 것은 처음이었다. 부모가 알면 다정한 난리를 피울 게 분명했는데, 도저히 울음을 터뜨리지 않고서는 지양을 볼 수가 없었다. 일종의 복수심도 있었다. 너는 나 말고는 이야길 나눌 사람도 없으니까, 종일 혼자가 되어봐, 한번 괴로워해 봐……. 그런 못된 생각을 했다.

"많이 안 좋아? 어떡해."

생리통 핑계를 댄 효정이 베개에 얼굴을 묻은 채 계속해서 엉엉 울자 옆 침대에서 도란도란 이야기를 나누던 아이 둘이 건너왔다. 얼굴은 익숙하지만 같은 반이 되어본 적 없어 이름은 모르는 아이들이었다. 수업을 째고 양호실에 와서 노가리나 까고 있었을 아이들이 친하지도 않은 효정 때문에 발을 동동 굴렀다. 양호 선생은 수업을 하러 가고 없었다. 아이들은 멋대로 양호실 캐비닛을 마구 뒤지더니 핫 팩이며 진통제들을 꺼내다 주었다. 알고 보니 하루 종일 양호실에 죽치는 터줏대감들이었다.

핫 팩을 배에 대고 진통제까지 억지로 삼키고 나니 더는 울 구실이 없어졌다. 베개는 축축하게 젖어서 머리를 누이기가 싫었다. 엉거주춤 침대에 돌아와 앉아 있는데 갑자기 획, 다시 커튼이 젖혀졌다.

"있잖아, 물어볼 게 있는데."

"어?"

"너네 반에, 박지양 있지?"

효정은 엉겁결에 고개를 끄덕였다. 두 아이가 서로 눈빛을 주고받더니 한 아이가 다시 물었다.

"걔 어때?"

"응?"

"걔 좀……."

잠시 말을 잇지 않더니 표정을 한순간 잔뜩 찡그렸다가 다시 활짝 폈다.

"재수 없지 않아?"

"왜?"

"걔네 아빠가, 술집 하잖아. 근데 그 술집이 그냥 술집이 아니고……."

그렇게 말하면서 어떤 제스처를 했는데, 그 제스처의 뜻이 얼마나 음란한지 효정은 이십대 중반이 되어서야 비로소 알게 되었다.

"그런 주제에 겁나 착한 척하고. 위선 쩔고. 다른 애들

무시하고."

"걔가 그래……?"

아이들이 고개를 주억거렸다.

"엉. 1학년 때 우리 반에 자폐아 있었는데, 애들이 괴롭힌다고 박지양이 담임한테 말해가지고 우리 다 얼차려 받았잖아. 책상에 무릎 꿇고 올라가서 발바닥 맞고. 씨발, 애비가 그 지경이면서 무슨 착한 척이야. 근데 더 웃긴 건 뭔지 알아? 그 자폐아 엄마가 반 애들한테 사과한다고 와서 허리 굽혀 인사했잖아. 걔 쌩까고. 본인이랑 엄마는 괜찮다는데 왜 나대는지, 진짜."

다른 아이가 말을 받았다.

"그렇게 민폐를 끼쳤는데 신경도 안 쓰더라? 낯짝은 두꺼워 가지고. 지금 반에선 어때, 걔?"

효정은 눈을 둥그렇게 떴다. 처음 듣는 정보였을 뿐더러 이 아이들이, 자신과 지양을 친구일 거라 생각하지 않는다는 사실에 심장이 조금씩 두근거렸기 때문이었다. 그러니까, 지양보다 자신을 더 우위라고 생각한다는 심증에.

나중에야 효정은 그 아이들이 짓고 있던 표정에 그저 시간을 때우며 무료함을 쫓아내고 싶어 하는, 단순한 의도에서 나온 호의가 어려 있었다는 사실을 깨달았다. 그러나 당시의 효정은 아이들이 거기 있었던 이유가 자신의 최악의 하루, 어그러진 그 순간을 살리기 위해서라고 착각했다. 그래야 맞는 거라고. 나는 잘못한 게 없으니까, 이런 괴로움에—열등감이라고는 절대 인정할 수 없었다—시달려서는 안 되는 거니까.

"내가, 들은 얘기가 있어."

효정이 말했다. 고등학교 입학 후 보았던 그 누구보다도 다정한 얼굴을 한 아이들이 효정을 향해 가까이 다가왔다.

이렇게 다른 반 친구를 만드는 거야. 동조와 공유를 통해서. 효정을 홀렸던 것은 겨우 그런 환상이었다.

5

"나문에 이런 데가 다 생긴 줄은 몰랐는데."

"여기 올 때마다 엄마한테 거짓말하고 와요."

"왜?"

"싫어하니까요, 이런 데 오는 거. 엄마는 그런 것만 좋아하거든요. 돈, 그중에서도 불로소득, 부동산, 빤은 농담, 술 먹고 행패 부리는 거. 피해받고 힘들어하는 사람이나 사회, 뭐 이런 거엔 정말 하나도 생각이 없고. 온통 말초신경만 살아 있어요. 전 죽으면 죽었지, 절대 그런 어른은 되지 않을 거예요."

"책을 읽으러 서점에 간다는데 칭찬은 못 할 망정 못 가게 하는 부모가 있을까?"

"문제집 파는 서점에 대해서는 뭐라 안 해요. 여기만 아주 특별히 싫어해요. 이유는 말 안 했는데, 저는 알 수 있을 것 같아요."

"무슨 이유인데?"

"딸이 자기가 이해할 수 없는 곳으로 가버리는 게 싫은 거예요. 무시당하는 거 같으니까. 같이 천박해지자, 이거죠."

성연이 호림을 데려간 곳은 나문의 어느 골목에 있는 독립 서점 겸 카페였다. 저녁엔 라이브 클럽으로 운영된다고도 했다. 나문에서는 귀한 공간이었다. 아르바이트생인 듯한 여자는 성연을 잘 아는 듯했지만 친절하지는 않았다. 일할 의욕이 없는 것 같아 보이기도 했다.

성연이 서점에서 한참 들여다보다 내려놓은 시집의 제목을 호림은 속으로 되새기며 기억했다. 나중에 사줘야 싶었다. 지금 섣불리 지갑을 들이밀었다가는 성연이 부담감을 느끼며 뒤로 잔뜩 물러설 수 있었다.

"여기서 알바를 하고 싶었는데, 저녁에 공연할 때 맥주를 팔거든요? 그래서 미성년자는 안 된대요."

둘은 테이블을 잡고 앉아 음료를 하나씩 시키고 공연을 기다렸다. 성연이 잠시 화장실에 간 사이 호림은 급하게 성연이 유심히 보던 시집을 구매했다. 아르바이트생이 눈을 가늘게 뜨고서 보란 듯이 느지막이 결제하는 바람에 몇 번을 채근해야 했다. 다행히 성연이 돌아오기 직전에 자신의 가방에 시집을 넣어 감출 수 있었다.

"여기 사장님은 원래 남자예요. 여기 알게 된 것도 레페리어 덕질하다가 그 사장님을 알게 돼서요."

성연은 그렇게 말하더니 자못 근엄한 표정으로 고개를 끄덕였다.

"아주 드물게 괜찮은 남자라고 할 수 있죠. 아마 쌤이랑 동갑일걸요? 쌤이 우리 엄마랑 친구라고 했으니까."

"쌤이라 하지 말라고 했지?"

성연이 웃었다.

"그럼 뭐라고 불러요?"

호림이 머리를 굴리다 픽 소리를 내자 성연이 말했다.

"차차 생각해봐요. 그리고 사장님한테는, 쌤이랑 우리 엄마랑 친구였단 거 절대 비밀로 할게요. 쪽팔리잖아요."

둘은 레페리어 이야길 한참 하다가 불현듯 나문을 비롯한 지방 소도시에서의 여성 인권으로 주제를 옮겼다. 성연은 목에 핏대를 올리며 일갈했다. 얼마나 답답한지 알아요? 동네는 좁고 사람들끼리는 서로 다 아는데 그놈의 인간관계로 얽히고설켜서는. 파리호프 아줌마네 남편이 여자 파는 장사를 하는 걸 다 아는데요, 그런 새끼랑 다 형님 아우, 아니, 형님 아우야 그렇다 쳐, 형부 처제 하면서 지낸다고요. 다 눈감아주고. 나쁜 새끼들. 그러니까 여기서 어떻게 젊은 여자가 제대로 살 수 있겠느냐고요.

호림은 성연의 순수한 적의를 보며 문득 궁금해졌다. 저 애는 모를까. 자기 조부모가 어떤 일로 번 돈을 허물어 먹이면서 제 모친을 키웠는지를, 그 돈이 아마 지금 자신이 커갈 수 있도록 하는 자본에도 여전히 영향을 미치고 있을 거라는 사실을. 물론 성연의 잘못은 아니었다. 그건, 그 엄마의 잘못이었다.

갠 대체 뭘 하고 있는 거야? 호림은 생각했다. 경제적 지지와 정신적 위안, 어머니라면 적어도 둘 중 하나는 줘야 하지 않아? 자격이 없어도 이렇게 없을 수가 있나?

한참을 성토하던 성연이 숨이 찼는지 가슴을 위아래로 움직이며 말을 맺었다.

"그러니까, 이런 얘길 할 여자가 없었다고요, 저한테. 쌤이 처음이에요."

호림은 가방 속에서 시집을 꺼냈다.

"잘 들었어. 이건 내가 미리 주는 상담비야. 네 얘길 듣고 보니까 가이드로 모시고 싶어서. 이건 가이드에게 주는 비용이야."

성연이 시집 표지 위로 손을 올리고 물었다. 가이드가 뭘 하는 건데요?

"나는 나문을 너무 오래전에 떠났어. 대학 가면서 떠났으니까. 그리고 내가 고등학생 때까지는 사실, 맨날 야자를 강제로 시키고 안 하면 때리던 야만적인 시절이었거든. 학교만 가느라 여기저기 다니질 못했어. 그래서 나문에 대해서 잘 몰라. 내가 나문에 있는 동안 네가 가이드를 해주면 좋겠다. 관광 가이드 같은 거지. 나랑 놀아달라는 얘기야. 나이가 많아서 재미도 없을 테지만."

성연은 시집을 번쩍 들고서 말했다.

"저 지금 사진 찍어주시면 안 돼요?"

집에 돌아온 호림은 그 사진을 보면서 생각했다. 지양과는 하나도 닮지 않았어, 라고. 슬그머니 사진을 확대해 시집을 쥔 성연의 손만을 SNS 피드에 올렸다. 내용은 조금 길게, 고심해서 썼다. 대충 새 인연을 만났으며 소중하단 것이 골자였다.

무슨 생각에서였을까. 아니, 왜 굳이 알면서 질문하려 하나. 호림은 자신의 욕망을 잘 알았다. 자신의 계정을 염탐하고 있을 사람들에게 보여주고 싶은 마음. 나 이렇게 잘 지내고 있다, 여전히 아이들에게 유효한 인간이다, 너희가 그렇게 쫓아낸 것이 나에겐 아무런 상처를 입히지 못했다, 하고 과시하길 원하는 마음.

너희가 준 비극을 나는 가뿐히 이겨내어 스스로의 뿌리를 지탱할 서사로 삼았다는 증빙.

호림은 제 아이폰으로 사진을 제법 잘 찍었다. 기종을 영 알 수 없는 낡은 핸드폰을 쓰는 성연은 호림의 핸드폰으로 찍은 자신의 사진을 받아가 SNS 프로필로 해놓았다. 프로필이 바뀐 것을 확인한 호림이 슬쩍 웃었다. 어쩔 수 없이 기뻤다.

두 사람은 평일인데도 오후 네 시부터 아홉 시가 넘도록 서점에 있었다. 호림이 고등학생이었을 때라면 도저히 상상할 수 없었을 일이나 요새 고등학교는 야자가 정말로 '자율'이라고들 하니까. 여덟 시부터는 나문에서 활동한다는 어쿠스틱 듀오의 짧은 공연이 있었고, 커버곡으로만 진행된 공연의 노래들은 마침 모두 호림이 아는 것들이었다. 호림은 영어로 된 노래 가사들을 나지막이 읊조렸다. 성연의 눈길이 자신에게 머물고 있는 것을 알았다. 그래서 일부러 고개를 아주 약간 들고, 눈을 반쯤 감고서는 스스로 초연해 보인다고 판단되는 미소를 지으며 노래를 불렀다.

코빼기도 보이지 않던 서점 사장이란 남자가 불쑥 나타나 성연에게 말을 건 것은 밴드가 마지막 곡을 다 마치고 악기를 정리할 때였다.

"성연아, 오랜만에 왔네."

"네. 엄마가 하도 구속을 해서요."

"또 그러셔?"

"맨날 그러죠, 뭐. 아, 여기……."

성연이 호림의 팔꿈치 쪽을 서투르게 어루만졌다.

"여기는, 제가 최근에 알게 된 분인데요. 서점 처음 오셨어요. 레페리어 좋아하신다고. 완전 우리 과예요."

아, 그래? 정말? 남자가 말하더니 허둥지둥 카운터 쪽으로 향했다. 아르바이트생이 이쪽을 쏘아보는 게 느껴졌다. 남자가 돌아오는 동안 호림은 그의 몸매를 유심히 보았다. 동갑내기 즈음이라고 했는데…… 살이 하나도 흘러내린 것 같지 않았다. 쉽지 않은 일이었다. 아마 젊은 취향을 유지하며 살기 때문이겠지.

"여기, 저희 서점 명함인데요."

남자가 종잇조각을 내밀었다. 와, 사장님, 명함 주니까 되게 어른 같네요. 성연이 말했다. 호림은 웃으며 명함을 받아 들고서 이름을 보았다.

박영근. 밴드부 드러머의 이름이었다.

그러고 보니 이목구비가 그 아이였다. 한눈에 알아보지 못한 것은 당연한 일이었다. 친구도 아니었고 먼발치서 지켜보기만 했으니까. 그러나 호감을 사는 모습은 여전했다.

"성연이, 저번 가출 사건은 잘 해결이 됐나?"

영근의 물음에 성연이 토하는 시늉을 했다.

"그러게, 조금 더 마음 다잡으라고 했잖아. 한 번 거역하는 게 어렵지, 그 관문만 넘어가면 탄탄대로라니까. 하여간 성연이도 은근히 엄마 생각을 많이 해요."

"제가 언제 엄마 생각을 했어요!"

성연이 바로 성을 냈다.

"저는 엄마 생각 절대, 절대 안 한다고요. 엄마가 없는 게 내 인생에 훨씬 도움된다고요. 몇 번을 얘기해요? 그때 집으로 돌아간 건……."

"돌아간 건?"

영근의 물음에 성연은 씩씩거리기만 할 뿐 대답하지 않았다. 하여간 너무 착하다니까, 하며 영근이 성연의 뒤통수를 쓰다듬었다. 그런 뒤 호림에게 물었다.

"성연이랑은 어떻게 친해지신 거예요?"

호림은 입을 열었다. 하지만 말이 나오지 않았다. 뭐라고 설명할 것인가? 성연의 엄마와 친구라고 토로하기는 죽어도 싫었다. 성연도 비밀을 지켜준다고 약속했으니. 그렇다면, 레페리어의 팬이라 SNS로 만났다고? 그렇게 말하자니 인터넷으로 이토록 어린아이를 만나는 자신을 어떻게 생각할지 걱정이 되었다. 그러니 할 수 있는 말이 없었다. 영근은 여전히 웃고 있었으나 바보 같은 표정을 짓는 호림을 보고서 조금씩 의아해지는 눈치였다.

먼저 설명을 한 것은 성연이었다.

"쌤이에요."

아아, 그래? 영근은 놀라워했다. 학교 쌤?

그러자 놀랍게도 성연은 그 자리에서 거짓말을 했다.

"아니요. 가사 쌤이요. 가사 쓰는 거 도와주는 쌤이에요. 음악도 같이 듣고. 뭐 그런 거요. 소속은 없어요. 그냥 쌤이에요."

*

자신이 양호실에서 말한 것들이 들불처럼 퍼져나갈까 효정이 두려워한 것은 일주일 정도였다. 그 기간 동안 효정은 눈알을 굴리며 지양에게 친절하게 굴었다. 누군가 근처에 다가오기만 해도 놀라 펄쩍 뛰었다.

또 한 주가 지났지만 아무 일도 일어나지 않았다. 그러자 죄책감은 사라졌다. 대신 걷잡을 수 없이 실망했다. 아, 다들 아는 내용이었구나. 그러니 아무에게나 말해도 되는 거였구나.

그다지 묵직한 정보는 아니었나 보구나.

지양의 아버지가 '여자 나오는', 이른바 '2차' '3차'를 나가는 술집을 한다는 사실을 양호실에서 만났던 아이들이 이미 잘 안다는 것을 확인하고 나자 효정은 마음이 급해졌다. 더 대단한 정보를 던져야만 했다. 던질 수 있었다. 분명 들은 게 있었다. 부모가 자신에게 다 들리도록 했던 말들. 어른들끼리 그런 얘길 아이가 들을 수 있을 정도로 큰 소리로 나누었다면, 별 힘도 없는 아이들끼리 정보를 공유하는 것엔 문제가 없지 않을까? 어른들이 사실 그걸 바란 것은 아닐까?

그래, 알려져야 할 것은 결국 알려져야 할 것의 운명을 타고나는 거라고, 즉 어떻게든 누설될 수밖에 없었던 거라고. 그렇게 생각하자 마음이 편해졌다. 적어도 이 정보만큼은 같은 학교 아이들이 모두 알아야 한다는 확신이 들었다. 무엇을 위해서? 더 나은 사회를 위해서. 더 정의로운 모두를 위해서.

분명 들은 비밀이 있다는 말에 아이들은 효정의 침대 옆으로 가까이 다가왔고, 시시콜콜 낱낱 하나까지 캐묻고 나서는 얼굴을 빛냈는데. 그러면서 효정과 이런저런 수다까지 떨었는데. 걔들은 다음 날 복도에서 만났을 때 효정이 인사를 하자 차마 못 본 척하지는 못하고, 떨떠름한 표정으로 낄낄대더니 지나갔다. 쟤 누구야? 너 쟤랑 친해? 그 아이들과 함께 있던 무리가 시끄럽게 묻는 소리가 효정의 귀에까지 들렸다.

교실로 돌아와 자리에 앉았다. 얼굴이 벌게져 있는데 옆에서 지양이 효정의 어깨를 톡톡 쳤다.

"왜?"

지양이 종이를 들이밀었다.

"이거 가자. 같이 가자고 하고 싶어서, 피시방에 가서 뽑

아왔어.”

태블릿은커녕 스마트폰도 없던 시절이었다. 효정은 흑백으로 인쇄된 포스터를 내려다보았다.

‘나문 인디씬 태동의 D-Day’.

헤드라인엔 여기저기 이가 나간 글씨체로 그렇게 쓰여 있었고 그 아래엔 나문에서 볼 수 있으리라 상상할 수 없던 너덧 밴드의 라인업이 명시되어 있었다. 별로 열광한 적은 없지만 어쨌든 나문에 공연하러 왔다는 것만으로도 황송해야 하는 이름의, 록 음악 전문잡지나 웹진에서 언급되곤 하던 밴드들. 덧붙여, ‘경품 다수 준비! 손에 손잡고 팔씨름대회/맥주 빨리 마시기 대회/매력 발산 대회’ 같은 글자들이 작은 크기로 적혀 있었다.

갈 수 있어? 지양이 물었다. 효정은 날짜를 다시 보았다. 중간고사 이틀 전의 토요일이었다. 엄마는 효정의 시험이 다가오는 기간마다 시험 범위를 함께 공부했다. 시험 직전 주말에는 효정과 몇 시간이고 문답을 나누며 배운 것을 정리하도록 시켰다. 초등학교 때부터 절대 깨지지 않은 일종의 의식이었다. 그렇게 페이스메이커처럼 준비를 해주지만 막상 시험을 망쳤을 때는 한 번도 화를 낸 적이 없었다.

“못 가? 시험기간이라?”

지양이 재차 물었다.

“그럼 나 혼자 가고…… 난 혼자 가도 돼. 다녀와서 얘기해줄게. 그래도 아쉽긴 하잖아. 나 이거 공연 잡혔다고 연락받고 나서 너한테 진짜 바로 물어보는 건데······."

연락을 받았다고? 효정이 물었고 지양이 대답했다. 엉, 여기 공연 기획한 오빠를 내가 알아.

"오빠? 네가 어떻게?"

"그냥, 어쩌다가 알게 됐는데······ 그 오빠가 내가 쓴 가사들 맘에 든다 그래 가지고, 거기다가 곡 붙이는 방법도 알려주겠다고 그래서."

"직접 만난 적 있어?"

"한 번."

효정은 자기도 모르게 대답했다.

"나도 갈래."

엄마에게는 토요일 밤까지 학교에 남아 야자를 하겠다고 말해두었다. 엄마는 웃으면서 내 딸이 내 품을 떠나네, 이제 딱딱하게 군은 엄마 머리는 필요 없다 이거지? 하고 물었으나 못내 서운한 눈치였다.

토요일 수업은 비교적 일찍 끝나는 편이었다. 너네 이번 시험이 얼마나 중요한지 알지? 꼼짝 말고 공부해야 된다. 종례 시간 담임의 말에 모두 열없이 네에, 하고 대답했다. 유독 학교에 남아 공부하겠다는 아이들이 많아 보였다. 효정과 지양은 가방을 챙겼다. 효정의 가방은 일요일에 집에서 공부할 거리를 가득 넣어 돌덩이처럼 무거웠다. 반면 지양의 것은 홀쭉했다.

둘은 학교 앞 정류장에서 시내로 나가는 버스를 탔다. 버스 안에서는 이어폰을 나눠 끼고 곧 공연할 밴드의 대표곡들을 모아 구운 지양의 시디를 들었다. 공연은 오후 여섯 시. 시간은 아직 차고 넘쳤다. 둘은 시내에서 내려 팬시점이나 오락실 안의 코인 노래방, 그리고 피시방과 토스트 파는 카페 따위를 전전했다. 이렇게 놀게 될 줄은 몰랐는데. 효정은 점점 미칠 것 같았다. 겨드랑이에서 땀이 흘렀다. 시험을 위해 지금껏 공부했던 것들이 한순간에 빠져나가는 기분이었다. 화장실에 갈 때마다 주머니에 넣어둔 암기 노트를 꺼내 입속으로 중얼거리며 외웠다.

하지만 티를 내서는 안 돼, 하고 생각하며 마음을 몇 번이고 다잡았다. 지양에게 구제 못 할 평범한 범생이처럼 보이고 싶지 않았다. 코인 노래방에서는 일부러 지양보다 노래를 더 많이 불렀다. 지양 역시 노래를 썩 잘하는 편이었으나 어려운 곡을 부르려 들지는 않았다. 대신 펑크록 밴드들의 노래를 선곡하고는 그로울링이야, 라고 낄낄대며 목에서 잔뜩 긁는 소리를 냈다.

공연장은 나문대학교라는 이름을 가진 사립대 후문 인근 건물의 지하 1층이었다. 지상 1층은 치킨집, 2층은 노래방이었고 3층은 당구장이었다. 그 위의 두 층에는 별다른 간판이 없었다. 간판이 없기는 지하도 마찬가지였다. 가파른 계단을 따라 내려가니 시퍼런 빛이 뿜어져 나오는 작은 유리문이 있었다. 계단은 계속 아래로 이어졌는데, 지양과 효정은 더 내려가진 않고 거기서 멈추었다. '19세 미만 출입 불가 업소'라 적혀 있는 작은 표지를 효정은 애써 보지 않으려 했다. 지양이 유리문을 힘껏 당겼다. 밀면 열리지 않아. 지양이 말했고 효정은 여기 벌써 와봤느냐고 절대 묻지 않기 위해 애썼다.

쭈뼛쭈뼛 들어서니 아직도 밴드들이 사운드 체킹 중이었다. 기획자라는 '오빠'가 지양에게 손 인사를 했다. 옆엔 친구? 기획자가 물었고 지양은 고개를 끄덕였다. 그는 도장을 가져와서 지양과 효정의 손목에 하나씩 찍어주었다. 그러고서 지양의 머리를 한 번 쓰다듬더니, 효정의 이름을 묻지도 않고 다시 자신의 자리로 돌아갔다. 그는 공연 중 간중간에 무대에 오르는 밴드들이 바뀔 때마다 지양의 자리로 와서 평을 하고 또 지양의 의견을 들었지만 효정에게는 일언반구도 하지 않았다. 중반이 지나자 정체 모를 다른 사람들도 지양에게 인사를 건네고 갔다. 그러는 동안에도 효정은 투명 인간과 같았다.

그토록 모시기 힘들다던 밴드인데, 효정은 세 번째 밴드가 공연을 마칠 때까지 집중하지 못한 채 화장실을 열 번이나 갔다. 이번엔 눈물이 나서 암기 노트를 읽을 수도 없었다. 괜찮아? 어디 아파? 아까 우리가 먹은 게 뭐 잘못됐나? 그냥 나갈까? 지양이 눈치도 없이 계속 속삭였다. 닥치라고. 효정은 마음속에 있는 말을 꺼내지 못했다.

화장실은 더러웠다. 세면대의 거울을 마주해도 조도 낮은 전구 때문에 얼굴이 잘 보이지 않았다. 보이지 않는데도 끔찍했다. 밝은 곳에서 본다면 모두에게 자신의 심정을 들킬 게 분명했다.

세 번째 밴드의 공연이 끝나고 기획자가 무대에 올랐다. 무대라고 해봤자 관객석과 단차 하나 없이, 그저 바닥에서 뿜어져 나오는 예의 그 시퍼런 빛이 둥글게 형성하고 있는 원형의 공간이었다. 기획자가 확성기를 들고서 외쳤다. 그럼 이제 예고했던 대로, 맥주 빨리 마시기 대회를 시작하도록 하겠습니다!

와아아. 관객들―그중 대다수는 밴드의 멤버들이었다. 입장료를 내고 들어온 순수한 관객은 열댓 명도 되지 않았을 것이다. 그러나 당시의 효정은 그저 자신이 얼마나 바보 같아 보일지에 대해서만 고민했다―이 박수를 쳤다. 금속 부딪는 소리를 내며 맥주 캔들이 테이블 위에 정렬되었다. 설마 따뜻한 맥주냐, 씨발! 누군가가 외쳤고 야유가 터졌다. 그건 씨발 짱깨새끼들밖에 안 먹는다고! 와르르 웃는 소리가 이어졌다. 경품은 그날 공연에서 가장 잘

89

나가는 밴드의 사인 시디였다. 누군가가 나오더니 맥주를 마시자마자 요란한 소리를 내며 뱉어버렸다. 존나 따뜻해, 좆물 같아! 또 폭소가 터졌다. 지원자 몇이 더 나왔지만 두 캔도 마시지 못했다. 그리고 곧 뜸해졌다. 기획자가 몇 번이나 목에 핏대를 올리며 마지막 기회! 정말 마지막 기회! 하고 외쳤지만 나오는 사람은 없었다. 모두들 아는 것 같았다. 그 밴드의 사인 시디란 것이 그렇게 대단한 상품은 아니란걸. 여기서 맛도 없는 미지근한 맥주를 마실 이유가 자신들에게는 하등 없단걸.

그때 효정이 손을 들었다. 기획자가 찰나 당황한 표정을 비추었으나 곧 열화와 같은 박수가 터지자 본인도 신나 더 소리를 쳐댔다. 이야아, 여자 지원자! 여자분이 도전을 하였습니다! 남자분들 가만히 계실 겁니까?

그러자 남자 몇이 더 나왔다. 푸른 원의 한가운데로 나가려는 효정의 손을 지양이 잡고서 속삭였다. 한 캔만 먹고 내려와, 알겠지? 효정은 속으로 코웃음을 치며 다른 쪽 손으로 지양의 손을 잡아 비틀어 놓았다.

아무도 나에게 이름을 묻지 않았어.

효정에겐 그 생각뿐이었다.

나에게 이름을 묻도록 만들겠어. 나를, 잊지 못하게끔 만들 거야.

박지양보다 나를 더 많이 찾도록 할 거야.

6

성연은 집에 가고 싶어 하지 않았다. 이거 봐요, 집에서
도 연락 안 오잖아요. 오늘은 진짜 놀아도 된다니까요? 그
러면서 핸드폰 통화 목록을 직접 보여주었다. 오늘은 아무
런 전화도 오지 않았다. 어제는 부재중 열 통이 있었다. 모
두 같은 사람에게서 온 전화였다. 저장명은 '년'이라 되어
있었다.

호림은 자신의 핸드폰을 만지작거렸다. 어찌 되었든 호
림은 성연의 안전한 귀가를 책임져야 했다. 그러나 영근과
이렇게 헤어지고 싶지도 않았다. 게다가…… 호림은 영근
을 바라보는 성연의 눈을 보면서 짐작했다. 이 아이에게는
자신과 비슷한 것을 좋아하고 동일한 가치관을 가지고 있
는 사람과의 소통이 마치 구명줄과도 같을 거라는 사실을.
호림이 그 나이 때 그랬던 것처럼. 그러니 성연에게 신명
나게 놀 판을 깔아주는 어른이 되고 싶었다. 아마도 성연
의 엄마가 하지 못할 것을 대범하고 자유롭게 해주는 어
른이.

'낳은 엄마보다 더 나은 사람.' 호림은 그게 되고 싶어
안달이 났다.

공연이 마무리되고 손님들이 나간 후, 영근은 자신이 마
감을 하겠다며 아르바이트생을 내보냈다. 아르바이트생은

불순한 표정으로 짝다리를 짚은 채 호림과 성연을 번갈아 힐끔대다 떠났다. 문을 열고 나가자마자 보란 듯 길에 침을 뱉는 모습이 호림의 눈에 들어왔다. 호림은 속으로 혀를 찼다.

영근이 잠시 나가더니 요란한 라벨이 붙은 수제 맥주 몇 병에 플래터까지 포장해 들고 돌아왔다. 셔터를 반쯤 내리고 책을 아무렇게나 치워서 자리를 마련해주었다.

"이건 네 거."

영근이 바나나우유 단지를 내밀자 성연이 성을 내며 영근의 손등을 짝 소리 나게 쳤다. 그러고서 멋대로 맥주병 하나를 골라 들고 말했다.

"사장님, 내가 컨트롤할 수 있어요. 비밀도 다 지킬 수 있지. 왜냐? 난 여기가 아니면 갈 데도 없이 불행한데 내가 설마 여길 잃어버릴 미친 짓을 할 것 같아요?"

호림은 웃으며 동조했다.

"사실 나도 고등학교 때 인디밴드들 공연하던 클럽에서 술 마신 적 있어."

"서울에서요?"

"아니, 나문에서."

"진짜 구라. 그때 나문에 라이브 클럽이 있었다고요?"

호림은 그날 공연했던 밴드들의 이름을 읊어주었다. 그 중 두어 밴드의 이름을 성연이 알아듣고서 박수를 짤깍짤

깍 쳤다. 자신은 대학 갈 때까지 그런 인디밴드는 몰랐다고 영근이 시인했고 성연은 손가락질을 하며 비웃었으나 그 말투에는 애정이 듬뿍 묻어 있었다.

세 사람이 서로의 맥주병 주둥이를 맞부딪이며 건배하는 동안 영근이 틀어놓은 밴드 음악이 매장 안을 가득 채웠다. 대화는 서로의 사정에 익숙한 성연과 영근 사이를 오갔다. 호림은 귀 기울여 들었다. 성연이 왜 이곳을 좋아하는지 무척 수월하게 파악할 수 있었다. 영근은 성연이 화제로 꺼내는 모든 것을 알고 있었고, 그래서 마치 공을 주고받듯 계속 대화를 이어나갈 수 있었다.

음악과 밴드, 시와 영화 사이를 널뛰는 대화를 나누던 중 가장 빨리 맥주병을 비운 성연이 벌떡 일어나 카운터에 걸린 열쇠를 낚아챘다. 화장실 다녀올게요. 성연이 유리문을 안쪽으로 당겨 허리 높이까지 내려간 셔터 아래로 조심스럽게 몸을 말아 움직였다. 나머지 둘은 그 등을 보며 동시에 쿡쿡, 박자를 맞춰 웃는 소리를 냈다.

잠시 정적이 흘렀다. 먼저 입을 연 이는 영근이었다.

"성연이가 어른을 이렇게 좋아하는 건 본 적이 없는데. 너무 신기해요. 대단하시고요."

"사장님은 어른이 아니고요?"

"아, 그래요. 정정합니다, 여자 어른이라고. 성연이 주변에 따를 법한 좋은 여자 어른이 아예 없는 것 같아요. 특히 어머니랑 사이가 많이 안 좋으니까. 그 어머니가 성연이랑은 너무 달라서요. 하나도 닮은 점이 없는 거야 그럴 수 있다고 이해를 하는데, 성연이 얘기 들어보면 좀 많이 심하시긴 하더라고요. 가치관이며 사상 자체가 완전 정반대라…… 말 통하는 여자 어른 한 명만 있었어도 아이의 삶이 훨씬 행복했을 것 같아요."

영근이 지양이라는 동창을 몰랐을 리는 없다. 그 엄마의 투신 사건을 전교생이 알았으니. 다만 성연의 모친이 바로 그 박지양이라는 걸 알지 못할 가능성은 충분히 있었다. 호림은 왠지 그걸 정확히 파악하고 싶었다. 그러나 영근이 먼저 질문을 던졌다.

"그러니까, 원래는 나문 분이신 거예요?"

"아, 네. 지금은 분당 살면서 일하는데, 잠시 본가 내려온 거예요."

"그렇구나. 어쩐지. 원래 나문에 계시는 분이시라면 성연이랑 벌써 오래전에 친해지셨을 것 같았는데. 성연이가 믿을 만한 여자 어른을, 정말 눈에 불을 켜고 찾아다녔거든요. 그러다 포기한 지 좀 됐는데, 갑자기 하늘에서 뚝 떨어진 것처럼 나타나셨네요. 언제까지 계세요?"

그러게. 그걸 헤아릴 수 없었다. 언제 분당에 갈 수 있게 될까. 언제 다시 일을 시작할 수 있게 될까. 언제 승환이 자신을 찾게 될까. 언제. 대체 언제.

"잘 모르겠어요. 내일 바로 갈 수 있을 것 같기도 하고, 아주 오래 나문에 머물 것 같기도 하고."

"자주 놀러 오세요, 계시는 동안."

호림은 대답했다.

"성연이 때문에라도 오래 있고 싶어요. 저 아이를 가만히 보고 있으면 꼭 제 어린 시절 같아서요. 정말 닮았어요. 똑같아요. 취향도 그렇고, 생각하는 것도 그렇고, 무엇보다 그런 거 있잖아요? 주변 환경과 사람들이 날 전혀 이해해주지 못하고, 도와주지도 못하는 것. 세상이랑 싸울 힘이 있으면 차라리 좋겠는데 그냥 짓눌리기만 하는 외톨이라는 느낌……. 저도 그런 걸 내내 느끼면서 자랐는데 성연이를 우연히 만나고, 어린 시절의 내가 환생한 건가? 생각했어요. 얼마나 힘들까도 너무 잘 알겠고요."

갑자기 지나치게 목소리가 높아졌나 싶어 호림은 급하게 맥주병 주둥이를 입에 가져갔다. 눈치가 빠른 영근이 나이를 물으며 화제를 전환했고, 동갑내기라는 것을 확인한 둘은 동안이라고, 연하인 줄로만 알았다고 서로를 칭찬했다. 그러면서 호림은 결정했다. 자신이 영근을 고등학교 시절부터 알고 있었으며 한눈에 알아봤다고 이야기하지 않기로. 어차피 자신의 이름도 얼굴도 바뀌었으니 상관없을 거였다.

"그러니까 참 얄궂은 게, 성연이 어머니도 저랑 동갑이시거든요. 그런데 성연이 얘기 들어보면 좀 심하게…… 이런 저런, 사회적인 문제의식이 전혀 없으시다고 해야 하나."

영근의 말은 좀 전의 반복이었지만 다시 강조되었다 해도 좋았다. 호림은 고개를 끄덕였다.

"저도 그렇게 느꼈어요."

"전 들을 때마다 놀라워요. 아무리 그래도 저희 나이면 젊잖아요. 게다가 저처럼 남자도 아니고 젊은 여자분인데. 그런 관계는 감옥이죠, 애한테. 좀 걱정이에요. 집에서 벗어날 수 있는 방법이 뭐가 있을까 생각하면 나문 밖으로 대학 가는 것밖에 없는데, 성적이 되나 모르겠어요. 사립대 등록금 낼 형편은 되나? 그것도 모르겠고."

"그런 어머니라면 또 절대 자식을 타지로 안 보내겠죠."

바로 그거예요, 하고 영근이 손뼉을 한 차례 쳤다. 둘의 맥주병은 어느새 거의 다 비워져 있었다. 영근이 새 맥주병을 두 개 따서 호림을 향해 하나를 내밀었다. 손이 스쳤다. 의도적이라고 호림은 확신했다. 그러고는 쉬지 않고 다섯 모금을 들이켰다. 영근이 놀란 듯 웃음을 터뜨렸다. 술 잘하시네요. 영근의 말에 호림이 대답했다. 고등학교 때부터 술고래였어요.

"진짜요?"

"아까 나문에 있던 라이브 클럽 얘기 들으셨잖아요? 거기 가서, 맥주 마시기 대회 1등한 적도 있는데."

"어릴 때 좀 놀았네요, 쌤!"

호림이 손등으로 입을 닦자 영근이 냅킨을 건네주었다. 호림은 다시 말을 이었다.

"저는 어렸을 때부터 자격 없는 부모가 애를 낳아 불행하게 만들어서는 안 된다고 생각했어요. 그건 범죄나 마찬가지라고."

영근이 똑같이 다섯 모금을 마시고서 물었다.

"자전적인 생각인가요?"

"충분히요."

"그럼 실례지만 지금은 자제분이……?"

"없어요. 저 자신을 믿을 수 없거든요."

"가지실 계획은요?"

"네버. 나도 물어봐야지. 그쪽은요?"

"결혼도 안 했는데요. 뭐, 꼭 결혼을 해야 애를 가질 수 있다는 얘긴 아니지만 적어도 한국 땅, 한국 제도 아래에선 미혼부 되고 싶지 않아요. 아이가 힘드니까."

미혼이구나. 호림은 이상하게 들떠서 거들었다.

"저도요. 그냥 평생 성연이 같은 애들한테 좋은 어른이 되면서 사는 게 나을 것 같아요."

'저도요'가 결혼을 안 했다는 말로 들렸을 거라는 사실을 뒤늦게 깨달았다. 그러나 호림은 합리화했다. 그건 결혼 여부에 대한 응답이 아니라, '적어도 한국 땅, 한국 제

도 아래에서' 애를 낳는 여자가 되고 싶지는 않다는 말이
었다고.

성연은 무려 십오 분이나 지나서 돌아왔다. 똥 쌌어요,
하고 호기롭게 덧붙이면서. 두 어른은 낄낄 소리를 내며
웃었다. 화장실 문의 경첩이 아주 낡아서 삐걱거리는 소리
가 매장 안까지 크게 들리는 게 다행이었다.

호림은 온통 뜨거워진 귓불을 만졌다. 이런 일을 항상
꿈꿔오긴 했다. 불같은 연애의 시작. 그러나 상대가 고등
학교 시절에 동경했던 그 박영근이 될 줄은 몰랐다. 영근
이 마시던 맥주는 호림의 것과 다르게 시트러스 향 따위
가 첨가된 모양이었다. 입술을 핥았다. 아이가 너무 일찍
돌아왔다는 타박 섞인 마음이 들었다.

*

효정은 그날 맥주 빨리 마시기 대회 1위를 차지했다. 미
지근한 맥주를 마시겠다고 덤벼든 이들이 많지 않았던 덕
에 별로 취하지는 않았다. 다들 효정에게 엄지를 들고 박
수를 쳐주었다. 이름을 묻는 이도 몇이나 되었다. 오줌을
누러 화장실을 들락거리느라 뒤에 남은 공연 역시 거의
보지 못했으나 공연이 끝날 즈음 화장실 입구에서 만난

기획자가 효정의 어깨를 툭 치며 물었다.

"끝나고 뒤풀이 남을 수 있어?"

효정은 고개를 세게 끄덕였다. 심장이 쿵쾅거렸다.

공연이 끝난 뒤 몇 안 되던 관객들이 빠져나갔다. 그간 관객인 줄 알았던 사람들이 대부분 밴드의 멤버나 관계자였다는 사실을 효정은 그제야 알았지만 괜찮았다. 자신이 듣던 음악을 만든 사람들, 그들이 서로 농담을 따먹으며 기획자가 안내하는 대로 테이블을 붙이는 꿈만 같은 광경을 볼 수 있었으니까.

"안 가?"

지양의 물음에 효정은 솔직하게 대답해야 할지 잠시 고민했다. 그러나 같은 아파트 단지까지 함께 귀가해야 하는 마당에 빠져나갈 구멍도 없어서 대답했다.

"그 기획자 오빠, 그 오빠가 나보고 남으라는데? 너한텐 얘기 안 했어? 나한테 그랬는데."

지양이 피식 바람 빠지는 소리를 냈다.

"아아, 뒤풀이 오라고 그랬나 보네? 그거 별거 없는데. 재미 존나 없어, 내가 가봐서 아는데 초대해놓고서 그냥 자기들끼리 노가리 까. 너도 남아봤자 후회해. 그냥 나랑 집에 가자."

지양이 그전에 이런 말을 했다면 믿었을 수도 있을 것이다. 하지만 그때, 효정은 이상한 승리감에 차 있었다. 나에게만 말했다. 지양에겐 하지 않았다. 내가 더 특별하다. '뒤풀이 별거 없다'라는 지양의 평가를 듣고 효정은 확신했다. 이건, 질투라고. 초대받지 못한 자의 깽판이라고.

"난 남아 있으려고."

"너 시험공부 안 해? 오늘 공연 본 대신 밤샐 거라며."

"그깟 시험. 한 번 망치지, 뭐. 너는 공부하러 가."

"아빠한테 맞지 않겠어?"

아빠는 한 번도 자신을 때린 적이 없었지만 지양은 효정이 교환 일기를 통해 꾸며낸 가정환경만을 듣고 믿어왔다. 효정은 대답했다.

"죽이고 싶으면 죽이라지. 넌 집에 가고 싶음 가고."

그러자 지양은 놀랍게도 물었다.

"진짜? 그럼 나 간다? 너 혼자 집에 갈 수 있어?"

기대했던 말이었으나 막상 지양의 입에서 그 말이 나오자 자신이란 존재가 지양에게 그다지 중요하지 않을지도 모른다는 생각에 효정은 당황했다.

간신히 대답할 말을 떠올렸다. 내가 애냐고.

공연장 화장실은 지하 1층과 지층 사이의 층계에 있었다. 남녀 공용이었고 당시의 많은 건물 화장실이 그랬듯 문은 잠겨 있지 않았다. 회색 철문을 열고 들어가면 남자용 소변기가 있고, 오줌 누는 사람의 등을 지나야만 여성

용 화변기가 있는 칸으로 들어갈 수 있었다. 손 씻을 세면대는 없었고 대신 고무호스가 달린 수도꼭지가 하나 있었는데 그 위치가 남자용 소변기 옆인 데다 무릎 높이여서 누구에게도 선택받지 못할 게 뻔했다. 그럼에도 효정은 매번 손을 씻었다. 공연 중에는 그랬다. 그때까지는 화장실에 사람이 별로 없었으니까. 문을 열고 들어갔을 때 바지를 내리고 선 남자가 있다면 조심스레 다시 뒷걸음질해 그가 볼일을 마치길 기다렸다. 그 남자들은 거의 밴드 멤버 혹은 관객이었고 멋쩍은 표정으로 나와 효정의 눈을 피해 다시 클럽으로 들어갔다.

그러나 뒤풀이가 진행되고 시간이 열 시를 넘어가자 화장실을 이용하는 이들이 부쩍 늘었다. 아까와는 다른 부류의 사람들이었다. 주로 양복을 입었거나 골프웨어 차림이거나 배가 나오고 머리가 벗겨진 중년들. 그들은 효정이 문을 열고 들어갈 때마다 바지를 추켜올린 후 문밖을 나서는 게 아니라 팬티를 올리면서 나가곤 했다.

취기는 복통과 함께 뒤늦게 올라왔다. 아무래도 맥주를 너무 많이 마신 모양이었다. 효정은 화변기에 쪼그리고 앉아 몸을 끄덕끄덕 움직였다. 머리가 핑핑 돌고 다리가 저렸는데 아직도 변의가 이어지고 있었다. 술 때문인가. 화장실에 들어온 후 얼마나 오랜 시간이 흘렀는지 가늠이 안 됐다. 이렇게 늦게 들어가면 사람들이 나 똥 싼 걸

다 알게 될 텐데, 그럼 쪽팔릴 텐데. 걱정하는 마음이 무색하게 계속해서 아랫배가 소리를 냈다. 클럽에서 둘둘 말아 손에 쥐고 온 휴지가 부족할 것 같았다. 여자가 들어오면 칸을 내줘야 하는데 어떡하지? 조마조마한 마음이었으나 다행히 바깥의 남성용 소변기의 물만 몇 차례 내려갔을 뿐이었다.

이제 장을 거의 다 비웠다 싶을 때쯤 칸의 문을 거세게 두드리는 소리가 났다. 효정은 잠시 숨을 참았다가 말했다. 사람 있어요. 목소리가 떨렸다. 이번에는 문이 덜컹거리며 흔들렸다. 사람 있다고요! 효정이 외치자 흔들림이 멎었으나 이번엔 씨근덕거리는 목소리가 이어졌다.

"야, 이 씨발년아, 여기 있는 거 다 알아. 빨리 나와, 이 개같은 년아."

나이 든 목소리의 남자였다. 효정은 몸을 잔뜩 움츠렸다. 손발이 덜덜 떨렸다. 구정물이 홍건한 바닥에 휴지를 떨어뜨리고 말았다. 핸드폰이 어디 있더라, 생각했더니 테이블 위에 놓고 온 것 같았다. 남자가 다시 욕설을 퍼부었다. 듣자니 아마 남자는, 자신이 아는 누군가가 자신을 피해 여자 칸에 숨어들었다고 오해하는 모양이었다. 술에 어지간히 취한 어투라 무슨 말을 하는지 도저히 파악이 어려웠다.

"……누구세요?"

오해를 풀기 위해 입을 열었는데 그러자마자 상황이 더 악화되었다. 차라리 더는 인기척을 내지 않고 조용히 입을 닥치고 있었더라면 제풀에 지쳐 떠났을지도 모를 일이었는데. 이제 남자는 자신이 밖에 있는데 화장실 칸 안의 씨발년이 계속 나오지 않는다며, 대놓고 개무시한다고 고함을 치기 시작했다.

내가 누군지 아느냐, 네가 나문에서 얼굴도 못 들고 다니게 만들어버릴 거다, 좋은 말로 할 때 당장 기어나와라. 그러면서 문을 걷어찼다. 이미 나사가 헐거워 덜렁대던 잠금장치가 금방이라도 떨어져나갈 듯 흔들렸다.

효정은 훌쩍거리기 시작했다. 겁이 났다. 자신이 사라진 지 이렇게 오래되었는데도, 뒤풀이에 남은 그 많은 사람 중 자기를 찾으러 오는 이가 하나 없었다. 지양이 함께 남아 있었다면 달랐을 거였다. 효정이 오랫동안 돌아오지 않는다는 사실을 지양이 인지하지 못하는 일은 없었을 것이었다.

지양이 집에 가자고 할 때 갔어야 했는데. 효정은 후회했다. 그러나 자신에 대한 자책보다 지양에 대한 원망이 더 컸다. 여길 와봤다며. 그 기획자인지 뭔지 하는 남자랑 친해 보이던데. 여기 환경이 어떤지도 알고 있던데. 그럼 나를 보호해줬어야지. 나를 챙겼어야지. 어떻게 혼자 그냥 집에 훌쩍 가버릴 수가 있지? 그게 친구인가? 아니면 내가 갑자기 주목을 받아서, 그게 그렇게 속상했던 건가? 아마 그럴 거야. 효정은 숨죽여 흐느끼며 계속해서 지양을 원망했다.

남자가 지쳤는지 말이 점점 느려지고 목소리가 희미해졌다. 그러나 철문 열리는 소리는 들리지 않아서 효정은 문밖으로 나갈 수 없었다. 시간이 얼마나 지났을까. 삐거덕 철문 열리는 소리가 났다.

"이 인간 여기 있을 줄 알았지. 씨발, 더럽지도 않나. 구정물 위에 벌러덩 누워 있네. 저기, 사장님!"

새로운 인물은 남자이긴 했으나 목소리는 분명히 취기 없이 명료한 정신을 가진 듯 들렸다. 효정은 마침내 잠금장치에 손을 뻗어 천천히 문을 열었다. 먼저 시야에 들어온 것은 철문 앞에 서 있던 이목구비를 잔뜩 찌푸린 남자의 얼굴이었다. 그리고 시선을 내리깔았을 땐, 더러운 바닥에 새우등을 하고 누운 이의 모습이 보였다.

꿈을 꾸고 있는 거야. 효정은 그런 생각을 하며 두어 번 고개를 흔들었다. 그때 철문을 연 남자 뒤에서 익숙한 목소리가 새어나왔다.

"그냥 신고해, 아빠. 이 새끼 안 온다고 망하는 거 아니잖아."

지양의 목소리였다. 남자가 대답했다.

"이 새끼가 얼마나 단골인지 몰라서 네가 그런 말을 하는 거야. 사람을 줄줄이 몰고 온다고."

남자가 더러운 바닥에 누워 있는 새우 위로 몸을 숙였다. 그러고는 역겹단 표정을 지으며 새우의 어깨를 잡았는데, 자신의 손이 구정물에 닿지 않게 하기 위해 무진 애를 쓰는 것이 느껴졌다. 남자가 말했다. 어이, 사장님. 저기, 사장님, 얼른 일어나세요. 여기서 주무시면 안 돼요. 집에 가셔야지요.

더러운 바닥에 누워 있던 새우가 꿈틀거렸다. 효정이 흡 소리를 냈다. 남자가 그제야 효정을 보더니 화들짝 놀란 사람처럼 호들갑을 떨었다. 아이고, 여기 젊은 아가씨가 있었네, 하고.

"저기요, 아가씨, 그…… 혹시 이 사람이 뭐 해코지한 건 아니지요?"

효정은 눈을 둥그렇게 뜨고 남자를 바라보았다. 지양과 똑같이 생긴 얼굴이었다.

"위층 손님인가 보네. 아니, 정말 미안합니다. 이 사장님이 우리 가게 손님인데, 없어져서 어디 갔나 했더니 여기서 진상을 부리고 있는 줄은 몰랐네."

"……어떤 여자를 찾는 것 같았어요. 제가 칸 안에 있는데, 욕을 하면서 계속 문을 흔들었어요."

"아이고."

남자는 고개를 푹 수그리고서 과장되게 두 손을 맞대 올려 파리처럼 싹싹 빌었다.

"아이고, 아무것도 모르는 아가씨한테 이게 무슨. 미안해요, 미안해. 여기 이 사장님이 우리 가게 직원이랑 좀, 투닥투닥하다가⋯⋯. 그래서 숨어 있다고 착각을 했나 봐요."

"개년이라고도 했어요."

"아이고, 정말 미안합니다. 사장님이 입이 좀 험하셔서 그래⋯⋯."

아빠! 신고해? 밖에서 지양의 목소리가 다시 물었다. 남자가 외쳤다. 됐어, 인마. 신고는 무슨! 택시비 줄 테니까 얼른 집에나 들어가! 그러고는 다시 친절한 미소를 지으며 효정에게 말했다. 저 그럼, 얼른 빨리 나가세요. 이 인간은 제가 알아서 처리할 테니까⋯⋯. 아가씨 같은 사람이 볼 꼬라지가 아니에요⋯⋯.

그때 새우가 갑자기 눈을 번쩍 뜨더니 몸을 벌떡 일으켰다. 아마도 똑바로 서고 싶었던 모양이었지만 여전히 비틀거렸다. 그 상태로 남자의 옷깃을 잡더니, 뭐 이 새끼야? 꼬라지? 라고 되물었다. 남자가 비굴한 웃음을 지었다. 새우는 남자를 벽 쪽으로 밀어붙이려다가 균형을 잡지 못해 효정이 서 있던 쪽으로 돌진했다.

새우와 효정의 눈이 마주쳤다.

7

그러니까 호림은 정말로 그런 일을 꿈꿔왔었다. 솔직히 고백하자면 승환과 처음 사귀었을 때부터 계속.

야 인마, 호림이한테 평생 잘해라. 호림과 승환 커플을 본 사람의 열 중 아홉은 승환의 어깨를 치며 말하곤 했다. 네가 호림이한테 간과 쓸개를 다 바치면서 살아야지, 솔직히 호림이가 돈도 더 잘 벌지, 얼굴도 예쁘지, 성격도 서글서글하니 모난 것 하나 없는데. 호림이가 너 사람 만들었잖아. 평생 충성해라. 그런 말을 들을 때마다 호림은 우리 승환이가 뭐 어때서! 하고 추켜세워 주었지만 실은 그 말들을 즐겼다. 자신을 버릴 능력이 전혀 없는 승환을 기꺼워하는 동시에, 자꾸만 승환보다 나은 이와의 일탈, 도래하지 않았으나 마땅히 자신이 누려야 한다고 여겨지는 가능성을 탐색하고 싶어 했다.

이십대 내내 자신은 다른 여자아이들과 성향이 맞지 않는다고 생각하며 남자아이들과만 붙어 다녔다. 결혼을 한 뒤에도 동기 모임에 줄곧 출석했다. 유부남이 된 동기들이 자신을 멀리할 때에는 그들이 아닌 그들의 배우자에게 분노를 느꼈다. 다만 거기 잠식되지 않기 위해 그 감정을 우월감으로 치환했다. 그래, 내가 두렵겠지, 라고.

한 번도 제대로 된 연애 사건을 벌여본 적 없으면서도

호림은 그렇게 생각했다. 그러니까 지금 이 일은, 호림에게는 첫 탈선이나 마찬가지였다.

택시 안은 어두웠다. 성연이 흥얼흥얼 레퍼리어의 노래를 불렀다. 호림은 자신의 손가락을 만졌다. 호림의 볼과 입술을 쓸던 영근의 손에는 굳은살이 잔뜩 배겨 있었다. 아마 드럼 때문이겠지. 아니면 몸매로 미루어 보건대 운동을 열심히 할 수도 있다. 호림은 그 손이 제 피부에 닿던 순간을 계속 복기했다. 승환과는 전혀 다른 손이었다. 호림의 것보다 더 부드러운 승환의 손이 제 살에 닿을 때마다 호림은 생각하곤 했었다. 이 손에는 아무런 고통도, 고민도 없다고. 그래서 성적인 매력이라곤 도저히 찾아볼 수 없다고.

"쌤, 책방 사장님 좋죠? 우리 엄마랑 동갑이라니 진짜 아무리 생각해도 말이 안 돼."

옆에 앉아 있던 성연이 꿍얼댔다. 호림은 웃으며 대답했다. 그냥, 너랑 생각이나 취향이 비슷해서 네가 좋게 보는 게 아닐까?

"하긴, 그럴지도요. 저는 특히 책방 사장님이 있는 척 안 해서 좋아요. 학교 남자 쌤들 보면요, 맨날 자기가 고등학교 때 잘나갔다, 뭐 연애를 이만큼 하고 애인을 몇 명이나 사귀었다, 그런 썰 푸는데 다 구라 같거든요. 찐따처럼 생겼으면서. 근데 사장님은 스스로 찐따였다고 해요. 친구도

108

없고 맨날 운동장 바닥에 그림만 그리고 놀았대요. 그렇게 말하는 게 좋아요, 솔직해서. 그리고 저 같아서. 특별한 척 안 하니까 더 신뢰가 가요."

영근은 그런 아이가 아니었다. 괜찮은 남자아이들 무리에 언제나 끼어 있었고, 밴드부 시절 사귀었던 여자 친구 역시 호림과 지양이 세어본 것만 해도 족히 셋은 되었다. 그러나 호림은 잠자코 성연의 말을 들었다. 어린 영근이 그 무리 속에서 홀로 고독을 느꼈을 수 있겠다고 생각했다. 예술가의 면모를 가졌지만 자각하지 못했거나 숨기고 있던 십대 남자아이라면, 그 몽매한 집단 안에서 충분히 그랬을 확률이 높지. 호림은 관대하게 이해했다.

"아, 엄마한테는 쌤 얘기 안 할게요. 그냥 저 혼자 피시방에 다녀왔다고 할게요. 엄마가 알면 또 무슨 민폐를 끼칠지 몰라서."

"혼나잖아."

"뭐, 맨날 있는 일이라."

"피시방 말고 서점이라고 하면 그래도 덜 혼나지 않을까?"

"아뇨, 피시방이 나아요."

성연이 딱 잘라 대답했다.

"말했잖아요, 그 서점 가는 거 엄청 싫어한다고. 웃기지 않아요? 엄마가 되어서 딸이 피시방에 가는 건 괜찮고 서점 가는 건 안 된다? 뻔하죠, 내가 자기보다 똑똑해져서 자길 무시할까 봐 그러는 거지. 그런데 어쩔 수 없잖아요? 무시할 만하니까 무시하지. 그게 싫으면 자기가 좀 사람다워지든가요……. 물론 그렇게 될 리가 없지만."

그러더니 호림에게 물었다.

"대체 쌤은 엄마랑 어떻게 친했던 거예요, 어렸을 때?"

"그 질문 저번에도 하지 않았어?"

"아무리 생각해도 이해가 안 돼서 그래요."

호림은 대답했다. 그땐 생각이 비슷했어, 근데 나이 들면 다들 보수적으로 꽉 막히기 일쑤더라, 하고.

"전 절대 그렇게 안 될 거예요. 대학 가자마자 엄마랑 바로 연 끊을 거예요. 나문에 있는 대학은 절대 안 가요. 집에 다시 들어오나 봐라. 등록금 안 주면 학자금 대출받고 알바해서 살고 그럴 거예요. 고시원에 살든 반지하에 살든, 집엔 절대 안 가요."

택시는 후문을 지나 단지 내에 진입했다. 103동을 그대로 지나쳐 102동에 섰다. 성연이 인도 쪽에 면한 왼쪽 문을 열었다. 지갑을 찾느라 조금 헤매고 있던 호림이 택시비를 결제하고 성연을 뒤따라 내리려 할 때 택시 기사가 말했다. 저기, 아줌마.

"네?"

아줌마라니. 이 동네 사람들은 왜 이렇게 시대착오적이고 무례한가. 호림이 경악한 것을 알 리 없는 택시 기사가 말을 이었다.

"내리지 말아 봐. 저거, 저거. 애 엄마 아니에요?"

그랬다. 아니, 택시 기사가 굳이 말하지 않았어도 소란이 일어난 걸 알 수 있었다. 두 여자가 가늘고 높은 목소리로 서로에게 사정없이 욕설을 내뱉는 소리가 차 안까지 크게 들렸기 때문이었다. 언제 나타났는지 모를 지양이 손바닥으로 성연의 얼굴을 마구 때리고 있었다. 성연은 몸을 웅크려 지양의 손을 막으면서 같이 소리를 질렀다. 욕설의 수위는 성연의 것이 훨씬 셌다.

호림이 무언가 하기도 전에 택시 기사가 차를 조금씩 전진시키며 말했다.

"아줌마, 내가 들으려고 들은 건 아닌데 저기 끼는 건 아닌 것 같아. 집이 어디에요?"

"아니, 아저씨, 애가 맞고 있는데요?"

"남의 집 일에 함부로 끼어들면 골치 아파져요, 내가 아까부터 계속 들었는데 애도 딱히 정상은 아니야. 그러니까 얼른 들어가서."

그러나 이미 성연의 머리끄덩이를 잡고 택시까지 끌고 온 지양이 운전석의 창문을 두드리고 있었다. 씨발, 재수가 없으려니. 택시 기사가 중얼거리며 창문을 아주 조금

내렸다. 지양이 서슬 퍼렇게 물었다. 아저씨, 얘 어디서 태웠어요?

"네?"

"얘 어디서 태웠냐고요. 나문대 앞 굴다리, 거기서 태웠어요? 내가 얘 엄마거든요? 그러니까 당장 말하라고요, 얘 굴다리 거기서 태웠냐고요, 네?"

지양의 시야는 뒷좌석까지 미치지 않는 듯했다. 뜻밖의 질문에 기사가 예, 예에, 하고 솔직히 대답하자 지양이 더 크게 고함을 지르더니 이번엔 주먹으로 성연의 얼굴을 쳤다. 손바닥이 아니라, 주먹으로. 기사가 욕지거리를 뱉더니 차를 다시 출발시켰다. 호림이 뒤늦게 그를 말렸으나 택시는 단지를 빙 돌아 102동에서부터 가장 먼 110동에 이르러서야 멈추었다.

"아줌마, 내 말 들어요."

차에서 내리려던 호림에게 택시 기사가 말했다.

"남의 집 사정에 끼어들지 말아. 특히 애 엄마가 질투하게 만들지 말아요. 애가 불쌍하든 말든 상관을 하지 말란 말이야. 사람이 질투 잘못했다가는 큰일 나요, 정말 큰일 나."

"애가 불쌍하잖아요, 기사님."

그러자 택시 기사가 대답했다.

"어차피 애들은 기억 못 해요, 아무리 잘해줘봤자. 나중에 원망이나 안 하면 다행이라고."

호림은 110동에서 102동 앞까지 뛰었다. 분당에 있을 때 잠을 줄이면서까지 PT를 열심히 받았는데 무슨 소용인지, 그 짧은 거리를 뛰는데도 숨이 턱까지 찼다. 성연과 지양이 이미 집으로 들어가버렸을까 조바심이 들어 더 힘들었는지도 몰랐다. 그러나 그들은 여전히 거기 있었다. 단지는 고요했고, 베란다에 나와 무슨 소란이 일어났나 지켜보는 이들이 몇 있는 것 같았지만 아직 누구도 그들을 말리지는 않았다.

이제 지양은 보도블록 위에 철퍼덕 앉아 있었다. 성연이 여전히 욕을 하며 지양의 팔을 끌어당기는 중이었다. 지양은 울고 있었다. 그러면서 마치 곡을 하는 것처럼 말했다. 내가 죽어야지, 너는 내가 정말로 죽기를 바라지? 내가 죽는다면 정말 좋겠지? 그럼 네가 하고 싶은 것들 다 맘대로 하고 살 수 있을 거 아니야, 그걸 정말 바라지?

지양을 말리던 성연이 호림을 먼저 발견했다. 호림은 지양 옆에 무릎을 꿇듯 다가가 앉아서는 지양의 다른 쪽 팔을 잡고 말했다. 지양아, 나 효정이야, 효정이. 왜 이래? 왜 울고 있어?

지양이 호림을 바라보더니 덥석 껴안고서 과시하듯 우는 소리를 더 크게 냈다. 지양의 팔을 놓은 성연이 팔짱을 끼고 헛웃음을 지었다. 호림에게는 턱짓을 한 번 하고 고개를 절레절레 흔들었다. 호림이 다시 말했다. 지양아, 들어가자. 집에 들어가서 얘기하자. 사람들 다 자는 시간이 니까.

지양이 주저앉아 있던 자리가 그 옛날 소문을 통해 모두 알게 된 바로 그 위치, 지양의 엄마가 떨어졌던 곳이라는 사실을 호림은 알고 있었다.

얼굴부터 씻고 오라며 지양을 화장실에 집어넣은 후 호림과 성연은 상을 펴놓고 거실에 마주 앉았다. 곧 화장실 에서 참참 볼을 두드리는 소리가 났다. 성연이 욕지거리를 또 뱉었다. 씨발, 보란 듯 울어놓고 나서 크림을 바르고 지 랄이네요. 성연의 말에 호림이 쉿, 하고 주의를 주었다. 그 러고는 메시지를 보냈다.

'쉽게 쉽게 넘기자. 내가 해결해줄 테니까 믿고 가만히 있어, 응?'

핸드폰을 본 성연이 고개를 끄덕였다.

지양이 화장실에서 나와 자리에 앉았다. 호림이 먼저 입 을 열었다. 무슨 속상한 일 있었어? 나 지나가다 보고 깜 짝 놀랐잖아.

"딸내미가 집에 안 오니까."

"어디 가서 놀았겠지."

"이 시간에?"

"놀고 싶을 수도 있지. 지양이 너도 고등학교 때 밤늦게까지 놀고 그랬잖아, 나랑."

"네가 오해할 수도 있는데, 나 그렇게 빡빡한 엄마가 아니야."

지양은 코를 삼켰다.

"쟤는 꼭 내가 하지 말라는 것만 한다고. 가지 말라는 곳만 가고. 머릿속에 뭐가 들어서는."

"너 화장실에 간 동안 성연이랑 얘기해봤는데, 그냥 서점 다녀왔다는데? 거기서 공연 보고. 그게 다래. 너무 걱정하는 거야, 지양아. 뭐 이상한 일 하고 온 거 아니잖아. 오히려 좋은 거지. 문화생활이잖아, 지양아. 우리도 네 딸내미 나이 때 그런 거 좋아했잖아."

호림의 말에 지양이 고개를 푹 수그린 채 도리질을 했다.

"다 개같은 구라라고, 그런 거. 문화? 예술? 다 씨발, 헛짓거리야. 내가 몇 번을 얘기해도 저년은 절대 내 말을 안들어. 그런 데 정신 팔리면 인생 조진다고 내가 몇 번을 말해도. 그러니 내가 속이 타니, 안 타니? 화가 나, 안 나? 다 내 경험에서 우러나온 얘길 하는 건데, 응? 저러다 진짜신세를 조져 봐야 정신을 차리지."

호림의 눈길이 성연과 마주쳤다. 성연의 표정에 경멸이가득했다. 호림은 급히 입을 열었다.

"일단은 애 자게 들여보내자, 지양아. 혼내도 내일 조금정신 차리고 혼내자. 성연이는 얼른 재우고, 나랑 둘이서 얘기해. 왜 개같은 구라인지, 응? 알아듣게 얘길해야 성연이도 듣고 받아들이지. 안 그럼 내내 싸우기밖에 더 하겠어?"

"쟤한테 들리는 데선 절대 얘기 못 해."

성연이 벌떡 일어나서는 방으로 들어갔다. 지난번 봤던 문틀이 뒤틀려 닫히지 않는 방이 성연의 방이라는 사실을 호림은 처음 알게 되었다. 어떻게 사춘기 아이한테 저런 방을 줄 수가 있지? 다시금 그쪽을 향해 고함을 지르려는 지양을 말리며 호림은 살갗에 소름이 오스스 돋는 것을 느꼈다.

지양은, 자신의 생각보다 훨씬 더 끔찍하게 변해 있었다.

*

효정은 집으로 돌아가는 차 안에서 내내 입을 다물고 있었다. 차가 이리저리 흔들릴 때마다 술 냄새가 차 안에 진동했다. 화장실에서 맡았던 구정물의 악취도 섞여 나는 것 같았다.

"오늘 처음 간 거야. 아빠 선배를 만났는데 거길 꼭 가자고 해서. 일 때문에 간 거라고. 술도 그 선배가 억지로 먹인 거다."

아버지의 변명에 효정이 바로 받아쳤다.

"거짓말 작작 해. 그 아저씨가 그랬어. 단골이라고."

"착각한 거야. 딸, 너는 아빠보다 그런 저질 술집 하는 사람 말을 더 믿어?"

효정은 대답하지 않았다. 아버지가 룸미러로 자신의 얼굴을 흘끗 보는 게 느껴졌다. 술에 꼴아 차선도 제대로 못 지키고 있으면서 무슨 정신으로 눈치까지 보는 건가. 효정은 소리를 버럭 지르려다 참았다.

아버지는 언제나 다정했다. 한 번도 효정에게 큰소리를 낸 적이 없었으며 식사 후에는 엄마와 설거지를 했다. 설거지를 하는 남편이 아주 드물 때였다. 술을 마시면 언제나 효정과 엄마의 선물을 하나씩 사 왔다. 어렸을 땐 과자나 아이스크림이었는데, 효정이 늘어나는 체중을 신경 쓰기 시작하는 나이가 되자 별말 하지 않았는데도 먹을 것 대신 장미나 귀여운 샤프펜슬 같은 걸 쥐고 왔다. 아버지는 이전까지 효정을 배신한 적이 없었다. 그 정도로 흠잡을 데 없는 사람이었다.

손이 떨렸다. 여자 나오는 술집에서 만취해 사리 분별 못 하고 애먼 사람에게 욕설을 퍼붓다가 더러운 구정물 속에서 뒹굴 사람이라고는 전혀 상상도 할 수 없었다. 심지어 단골이라고 그 남자는 말했다.

그 남자…….

남자 뒤에, 지양이 서 있었다.

분명히, 남자를 아빠라고 부르면서.

"딸, 딸은 근데······."

딸이라고 부르지 마! 효정이 빽 외쳤고 놀란 아버지가 핸들을 확 틀었다. 차가 급격히 돌았고 효정이 문 쪽으로 내팽개쳐졌다. 뒤따라오던 차가 긴 경적 소리를 냈다. 개새끼야, 운전 똑바로 해! 라는 소리도 들렸다. 효정은 어딘가에 부딪힌 가슴을 붙잡고 씨근덕거렸다.

"나는 그런 술집에 다니는 사람 딸 아니야."

"오늘 처음 갔다고. 아빠 말 못 믿어? 아빠보다 그 사장이란 새끼 말을 더 믿는 거야?"

"내 앞에서 욕하지 마."

"답답해서 그러지, 답답해서. 아빠가 정말 어쩌다 실수를 했는데 딸내미 얼굴 보기가 부끄러워서······."

차는 단지 내로 접어들어 지하에 섰다. 후에 그날을 떠올렸을 때 효정은, 아빠가 얼마나 긴 거리를 만취 상태로 운전했는지 아찔해지곤 했다. 그때의 자신은 음주 운전이란 개념도 잘 몰랐다. 그런 고등학생이었고 그런 시절이었다.

시동이 꺼지자마자 아빠가 건조한 어투로 말했다.

"엄마한테는 비밀이다."

"왜? 잘못 없다며? 억울하다며?"

"그럼 말하든가. 대신 네가 왜 거기 있었는지도 말해야겠지. 딸, 월요일에 시험이잖아? 그런데 거기서 뭐 하고 있었어? 뭐 하느라 나문대 앞 유흥가에 가서, 그 건물 화장실에 들어가 있었어?"

차내 조명이 꺼진 사위는 칠흑같이 어두웠다. 효정은 침을 꿀꺽 삼켰다. 무슨 죄가 더 중한가? 당연히 여자 나오는 술집에서 추태를 부린 아버지의 죄였다. 그러나 그걸 엄마에게 증언하기 위해서는 아버지의 말처럼, 자신이 왜 거기 있었는지 함께 설명해야 했다. 온 층에 유흥 시설밖에 없는 그 건물에. 학교에서 공부하겠다고 거짓말까지 하고, 왜 거기에.

"아빠도 잘못했어, 맞아. 하지만 아빠들은 원래 다들 그런 술집에 한 번씩은 가. 사회생활 하려면 어쩔 수 없이 싫어도 가. 그런 데서 남자들끼리 일 얘기 하고, 그러는 거야. 원래 그런 거야."

아빠는 운전석에서 몸을 돌리더니 효정의 손등 위에 자신의 손을 얹었다.

"그런데 효정아, 우리 딸은 왜 시험기간에 거기 있었어?"

시험을 제대로 칠 수 있을 리가 없었다. 매일 시험 결과를 듣고 올 때마다 엄마는 수고했다며 등을 두드려주었으나 효정은 바보가 아니었다. 엄마는 대단히 실망하고 또 대단히 초조해하고 있었다. 부정하고 싶지만, 효정 자신 역시 마찬가지였다.

당시에는 매 시험일의 종례 시간마다 반 아이들의 점수가 당연한 듯 학급 게시판에 붙었다. 효정은 가장 먼저 점수를 확인하고 곧장 자리로 돌아가 그대로 엎드렸다.

모든 과목이 엉망진창이었다. 무엇이 문제였을까. 효정은 여태껏 기복 없이 좋은 성적을 내는 편이었다. 분명히 그랬다. 아주 손꼽히는 최우등생은 아니지만 서울 시내 상위권 대학교에 진학할 게 너무나 당연히 여겨지는, 정해진 트랙을 벗어나지 않고 자신의 속도로 달리는 것이 가장 장점인 학생이었다. 선생이나 부모를 걱정시킨 적도 없었다.

열심히 공부해온 게 하룻밤 새 백지가 될 리도 없었다. 이건 분명 심리적인 문제라고 효정은 확신했다. 그렇다면 평정심이 무너진 이유는 분명, 아빠가 룸살롱에 드나든다는 사실을 알게 된 것 때문이었다.

그런데, 그게 진짜 문제였을까?

아빠는 시험을 목전에 둔 효정이 왜 그곳에 있었는지 추궁했다. 그 일대가 온통 유흥가였으며 심지어 효정의 집에서는 버스로 사십 분이나 걸렸기에 독서실을 옮기려 했다거나, 친구를 만나 공부하려 했다는 거짓말은 씨알도 먹히지 않을 것이었다. 공연을 보러 갔다고 솔직히 이야기하면 될까? 하지만 아빠가 먼저 선수를 쳤다.

"그 화장실에 왜 있었냐고, 딸. 지하 1층도 미성년자 출입 금지인데. 거기는 어떤지 아니? 몸에 문신한 애들이 천지고, 어? 다 남자 새끼들이잖아. 양아치 같은 놈들."

"아빠가 그걸 어떻게 알아? 오늘 처음 가봤다며."

"오늘 들어가면서 봤어, 다. 척하면 척이지. 아빠가 젊은 애들 한두 번 봐? 설마……."

아빠는 효정의 손을 더욱 꽉 잡았다.

"설마 그런 데 있었던 건 아니지?"

"있으면 안 돼?"

효정은 소리를 크게 질렀다.

"그래, 그런 데 있었던 거 맞아. 공연 보러 갔어. 아빠도 알잖아, 나 밴드 좋아하는 거. 좋아하는 밴드가 공연 왔다길래 보러 갔어. 거기 미성년자 출입 금지인 거 맞아. 맞는데 공연만 봤어. 그게 뭐?"

"가도 되지. 취미 생활, 좋지."

"취미 정도가 아니야. 나 대학 가면 무조건 밴드 할 거거든?"

"해도 되고, 가도 되는데, 그런 건 스스로 분별력이 생기고 난 다음에 하는 거야. 그리고 미래가 정해졌을 때."

아빠의 손이 땀으로 축축했다.

"나중에 대학 가고 나서 하면 누가 뭐라고 하니? 지금은 미래를 위해 준비해야 하는 때인데, 노력을 해야 하는 때인데…… 그런데 같이 죽자는 애들한테 정신 팔려서 그러고 있으면."

"같이 죽자는 애?"

"혼자 가지는 않았을 거잖아, 딸."

효정은 우뚝 멈추었다. 아빠가 말을 이었다.

"딸을 꼬드긴 친구가 있을 거야. 그치? 우리 딸은 절대 혼자서 그런 데 가겠다고 생각 안 했을 거야. 아빠는 믿어."

"……근데?"

"그 친구가 왜 같이 가자고 했을까? 잘 생각을 해봐. 그 친구는 시험이나 성적 같은 거엔 신경도 안 쓰는 애일 거고, 그치? 이미 전에도 거기 여러 번 가봤던 애일 거고, 하필 가장 중요한 때에 거기 가자고 딸을 꼬드겼던 거고."

"아빠가 그런 걸 어떻게 알아?"

"딸, 아빠가 그런 애들을 한두 번 봤겠냐고."

아빠는 이제 술이 완전히 깬 듯 보였다.

"아빠는 어떤 친구를 사귀지 말라, 같은 이야기는 하고 싶지 않은데. 그렇지만 왜 하필 그 애가 오늘을 골랐을지 생각해봐. 걔는 딸을 정말로 미워하고 있을 수도 있어. 친구인 척하면서. 우리 딸에 대한 열등감에 시달려서는."

아빠는 다 알고 있어. 효정은 순간 확신했다. 다, 알고 있다고.

그리고 안도했다. 그랬구나. 굳이 시험을 앞두고 나를 꿰어낸 것도, 나를 자극해 술을 잔뜩 마시게 한 것도, 그래서 화장실에 처박히게 한 것도, 그리하여 아빠와 만나게 한 것도 다 의도였구나. 나를 산산조각 내려는 거였구나.

내가 미웠기 때문에.

그렇게 생각하자 뜨끈한 물에 몸을 담근 것처럼 마음이 편안해졌다. 지양과 만나면서 내내 느끼고 있던 이물감의 원인이 그거였구나 싶었다. 마치 발가락 사이에 모래 먼지가 가득한 채로, 얼른 씻어내야 한다는 강박만 가득한 채 욕실까지의 다섯 보를 걷지 못해 엎어져 있는 상황에서 누군가 따뜻한 수건으로 온몸 곳곳을 닦아주는 기분이었다. 효정은 생각했다. 자신이 잘못했던 게 아니었다. 계속해서 드는 열등감 때문에 일그러진 자신을 보는 게 너무나 괴로웠는데, 실은 걔가 더한 미움으로 자신을 대하고 있어서 그렇게 힘들었던 거였다.

그런데, 마음이 편해졌는데도 왜 성적은 엉망진창일까.

시험 마지막 날, 마지막 교시의 종이 울리고 OMR 카드를 걷은 감독 교사가 퇴장하자마자 아이들은 시험지를 구기며 환호성을 질렀다. 마지막 날에는 그다지 중요하지 않은 예체능 과목들만 줄줄이 이어졌기 때문에 대다수 아이들의 이마엔 웅크리고 자느라 생긴 붉은 자국이 남아 있었다. 가방에서 고데기와 화장품들이 튀어나왔다. 집으로 돌아가지 않고 어디론가 놀러 갈 게 분명했다.

일렬로 정렬되어 있던 책상들을 아이들이 다시 옮겼다. 지양과 효정은 그 토요일 이후 시험 기간 내내 한 번도 말을 나눈 적이 없었다. 효정은 아침에는 맹렬히 시험 직전의 자습을 하고, 시험이 모두 끝나고 나서는 가채점을 한 후 허예진 얼굴로 가방을 휙 맨 뒤 떠났다.

아이들 틈에서 효정도 자신의 책상을 원래 자리로 돌려놓았다. 곧 드르륵 소리를 내며 지양이 제 책상을 밀고 와서는 옆에다 붙였다.

이제 분명 지양이 어딘가에 놀러가자고 말할 것이었다. 노래방이라든지, 시내라든지, 비어 있을 자기 집이라든지. 그 어떤 미끼를 던져도 절대 함께하지 않을 거야. 효정은 다짐했다. 가장 기분 나쁜 방식으로 거절할 작정이었다. 속으로 상상했다. 어떤 말을 해야 속이 시원할까. 어떤 반응을 보여야 당황시킬 수 있을까. 어떻게 무시해야 이겼다는 생각이 들까…….

그러나 지양은 효정에게 한마디도 하지 않았다. 대신 손거울을 보고, 챕스틱을 발랐다. 챕스틱의 표면을 손가락으로 훑더니 볼에 두드려 홍조를 만들었다. 종례가 끝난 뒤에는 효정보다 먼저 가방을 둘러멨다. 그러고는 잠깐 멈칫했다가, 효정에게 말했다.

"재밌게 놀아. 내일 보자."

8

영근에게서는 금방 연락이 왔다. 좁은 나문시에서 남편이 있다는 사실을 숨길 수 없음을 잘 알았기에 호림은 영근에게 기혼임을 일찌감치 실토했다. 그러나 영근은 오히려 되물었다. 남편이랑 괜찮았으면 왜 나문에 왔겠어. 그렇지 않아? 맞다. 옳은 말이었다. 호림은 그 말 덕에 죄책감을 한결 덜었다. 다만 보는 눈이 너무 많기에 나문시 시내는 피하고, 외곽의 저수지에 마련된 예쁜 카페나 레스토랑 들을 영근과 함께 오갔다. 오리 배를 타고 평탄한 산길을 걸었다. 인근의 라이브 카페에서 색소폰 소리가 들리면 둘은 그 소리를 우스꽝스럽게 흉내 내며 낄낄거렸다. 산책하며 마주친 중년 불륜 커플의 취향을 조롱했다.

가끔 서점에서 만날 때도 있었다. 서점 셔터를 내린 뒤 LP판을 틀어놓은 채로 그 안에서 온갖 민망한 짓을 다 해보았다. 서점에 딸린 골방이 있었으나 일부러 밖에서 했다. 충만하게 행복한 순간들이었다. 승환이 절대 줄 수 없는 그런 경험들.

성연과는 더 자주 만났다. 단지 인근에서는 분당에 그토록 즐비한 카페를 찾아보기 힘들었다. 그래서 결국 아지트를 하나 만들었다. 호림이 다녔던 고등학교이자 지금 성연이 다니는 고등학교의 후문으로 나가서, 어느 건설업체에서 사들였으나 방치하고 있다는 공터를 가로질러 오 분가량을 더 가면 있는 놀이터였다. 정자도 있었다. 주변에 담배꽁초와 술병 따위가 너저분하게 떨어져 있었으나 밤에만 오지 않는다면 위험할 게 없다고 성연은 말했다. 성연이 학교를 마치면 둘은 거기서 만났다. 호림이 예쁜 피크닉 매트를 깔고 그 위에 그날 읽을 책들을 올려두었다. 성연과 머리를 맞대고 배달 앱을 살핀 후 음식을 골라 시켜 먹기도 했다. 해가 떨어질 때까지. 사위가 어두워질 즈음이 되면 가기 싫다는 성연의 손을 붙잡고 단지 쪽으로 천천히 걸어갔다. 걷는 동안 가로등이 하나둘씩 켜졌다. 그러면 성연은 자주 걸음을 멈추고 핸드폰을 들고서는, 두 사람이 나란히 붙은 그림자를 사진으로 찍었다.

'행복.'

성연은 그 시간들을 그렇게 표현했다. 평범한 단어가 성연에게 얼마나 드물고 큰 의미일지 생각하면 호림은 거대한 기쁨과 보람에 휩싸였다. 팔로워가 거의 없는 성연의 SNS 프로필은 자주 바뀌었다. 풍경, 그림자, 피크닉 매트나 음식 사진 같은 것으로. 몇 개 없던 피드도 이제는 자주 업로드되었다. 얼굴은 절대 나오지 않았으나 언제나 호림과 함께일 때 찍은 사진이었다.

지양이 이 사실을 알까. 호림은 알려주고 싶었다. 너의 아이가 나에게 기대고 있다고, 나에게서 위안을 얻고 나를 따르고 있다고, 너라는 존재가 없었으면 좋겠다고 생각하는 너의 아이가 나를 소중하고 귀하게 여긴다고.

호림이 올리는 게시물 하나하나에 성연은 가장 먼저 하트를 눌렀다. 그러면 호림은 메시지를 보냈다.

'지금 학교인데 하트 누르기야?'

그때마다 성연은 대답했다.

'딱 쌤 계정만 보는 거예요. 다른 짓은 안 해요.'

호림은 뱃속이 그득해진 느낌이 들어 웃었다. 이대로만 살 수 있다면 얼마나 좋을까. 하루에 다섯 시간도 자지 못하면서 그 많은 학생을 하나하나 살피고, 어떻게 하면 다른 강사보다 더 튈 수 있을지, 더 대단한 비기를 오직 혼자만 아는 것처럼 보일 수 있을지, 학생들을 홀릴 꿍꿍이를 내던 시절, 꾸벅꾸벅 졸면서 승환과 섹스를 한 뒤 콘택트렌즈를 빼지도 아래를 씻지도 못한 채 잠들었다가 알람소리에 벌떡 일어나야 했던 분당에서의 날들이 다 바보짓 같았다.

그래, 생각해보면 그랬다. 자신은 남들처럼 그런 식으로 치열하게 사는 사람이 아니어야 했다. 지금처럼 푸지게 자고 느지막이 일어나서는 설렁설렁 산책길을 걸으며 연애를 하고 누군가를 지탱하는 버팀목이 되고 또 음악 얘기, 시 얘기, 영화 얘기를 나누며 살아야 했다. 왜 이런 삶을 몰랐지? 언제부터 이런 삶이 내게서 멀리 달아나 있었지? 고등학생 때의 나는 분명 이런 미래를 꿈꾸지 않았던가?

그러나 일이 순순히 풀릴 리 없었다.

승환에게서 전화가 걸려왔다.

"소송하겠대."

"대체 뭘로?"

"명예훼손."

"명예가 훼손된 건 나야!"

"그건 나는 모르지."

"걔네가 져."

"너도 알잖아. 그 집이 민사 하나 진다고 타격받을 것 같아? 그냥 깎아내리고 싶다는 거지. 앞으로 이 바닥에 발도 못 붙이게 죽이고 싶다는 거야."

"이미 쫓겨나서 여기 와 있는데 왜, 또 뭘 어떻게 죽이겠다고."

승환이 헛웃음을 짓더니 말했다.

"너는 진짜, 생각이 없어도 너무 없지?"

"뭐?"

"나문까지 내려가서, 그렇게 잘 살고 있다고 뻐기고 싶었어? 휴가라도 간 사람처럼 유유자적 놀고먹고, 그런 걸 그렇게 자랑하고 싶었어? 네가 가만히만 있었어도 아무 일 없이 지나갔을 텐데, 넌 자숙이 무슨 뜻인지 몰라?"

"내가 무슨 자랑을 해?"

"SNS에 미쳤냐? 걔 부모가 네 계정 염탐할 거 빤히 알면서 왜 잘 지내는 척하는데?"

"그럼 난 여기서 계속 죄인처럼 입 닥치고 지내란 말이야? 내가 지은 죄가 뭔데? 너도 알잖아, 착각한 건 그 새끼 부모고 나한테 집착한 건 그 새끼야. 나는 잘못한 거 하나 없어, 불쌍한 애 한 번 재워줬을 뿐이지! 그런데 쫓겨나서 시골에 처박히고도 모자라다 이거야?"

잠시 이어진 승환의 침묵에 호림은 자신이 이겼다고 의기양양했다. 그러나 착각이었다.

호림이 한때 유사 부모 노릇을 하며 스스로를 행복하게끔 만들었던 대상은 하준이라는 이름의, 성연과 동갑인 남자아이였다. 호림은 학원에서 쫓겨난 후 하준의 계정을 차단했으나 하준의 부모가 어떤 계정을 쓰는지까지는 알 도리가 없었다. 하준도 당연히 새 계정을 만들어 다시 호림의 뒤를 밟을 수 있을 것이었다. 호림이 계정을 비공개로 바꾸었다면 아무 일 없었겠지만 호림은 절대 그럴 수 없었다. 그 일이 있었음에도 불구하고 보란 듯 행복하게 살고 있다는 걸 어떻게든 보여줘야 하니까. 너희가 이긴 게 아니란 걸 깨닫게 만들어야 하니까. 그래서 호림은, 자신의 무덤을 팠다.

하준은 호림을 놓지 않았다. 내내 호림의 계정을 들여다보다가 어느 순간 등장한 새 팔로워를 주목했다. 그 팔로워가 누르는 하트들, 포스팅하는 사진들, 호림과 겹치는 내용들까지 모두 확인했다. 누가 봐도 또래였고 자신의 위치를 대체한 듯 보였을 터였다.

내가 당신에게 유일한 존재가 아니었구나.

하준은 처음으로 자각했을 것이었다. 분당에서는 제가 위협받을 일이 없었다. 자신이 호림에게 유일하고 독보적인 존재라고 확신했으니. 선생님이 애정을 가질 대상이 나 말고 누가 더 있지? 나올 답이 없었다. 나 말고 누가 그렇게 특별하지?

그러니 새로운 아이가 등장한 것을 보고서 분노에 휩싸였으리라.

승환과 통화를 끝낸 후 호림은 자신의 팔로워들을 하나하나 훑어내리며 누가 하준 혹은 그 부모일지 찾아내 차단하려 했으나 도통 알 수 없었다. 성연을 탓하고 싶은 마음은 추호도 없었다. 하준을 다시 구슬리면 될 문제였다.

고민하다가 게시물을 하나 올렸다. 하준만이 알아볼 수 있는 표현을 사용했다. 레페리어의 노래 가사 일부를 차용한 문구였다. 그러고는 아래에 썼다. 질곡에도 불구하고, 그럼에도 가장 믿었던 사람에게 상처를 받은 오늘, 너무 울어 볼이 쓰리고 살아낼 힘이 없다고.

누가 읽어도 '가장 믿었던 사람'이 자신이라 믿을 만한 문구였다. 하준이 읽어도, 하다 못해 승환이 읽어도. 잘만 한다면 경쟁자와 호림 사이의 관계가 틀어졌다고 하준을 오해하게끔 만들 수도 있었다.

호림은 핸드폰을 한참 바라보았다. 십 분쯤 지나 화면이 반짝 빛났다. 누군가가 메시지를 보냈다. 구십 퍼센트 성연일 거라고, 어쩌면 하준이나 그 부모일지도 모른다고 생각했으나 모두 아니었다. 영근이었다.

'뭐 해?'

'울어.'

곧장 전화가 왔다. 왜 울어? 영근이 물었고, 호림이 하나하나 짚으면서 솔직하게 답했다. 그러니까, 자신의 입장에서 자신의 주장대로 솔직하게. 분당에서 일할 때 성연이처럼 안타까운 아이가 있었다, 부모로부터 정서적 학대를 받는 것 같아 교육자로서 책임지고 보살폈다, 그러나 겨우 성별을 이유로 모함을 받아 권고사직을 당했고 남편에게서도 쫓겨나다시피 하여 나문에 내려온 것이다, 그런데 자신이 나문에서 잘 살고 있는 것 같자 앙심을 품은 학생의 부모가 소송을 걸겠다고 펄펄 뛰고 있다 한다, 그 부모는 소송을 지든 이기든 큰 영향이 없을 정도로 위대하고 잘나신 분들이라, 상처받을 사람은 자신뿐이다…….

그러자 영근이 아주 상스러운 욕을 뱉었다. 울음이 목구멍까지 차올랐던 호림은 그 욕에 그만 깔깔 웃고 말았다.

"그냥 다 정리하고, 편도 안 되는 남편도 정리하고, 나문에서 살면 안 되는 거야? 나문에서도 학원강사 할 수 있잖아. 이미 성연이는 쌤이라고 부르던데."

"그렇지. 먹고살 수야 있지."

"생각해 봐. 그 사람들, 네가 타격받을 거라 기대하고 그러는 거야. 분당? 거기가 뭐 대수라고. 자기들이 사는 동네니까 그게 세상의 전부인 줄 알지. 당신들 마음대로 하라고, 넌 여기서 평생 살겠다고 세게 나가봐. 그럼 당황할걸? 자기네 세상이 아무것도 아닌 취급받는 거, 그런 사람들은 절대 못 견디니까."

"그럴까?"

"그럼. 내 말 믿고 한번 질러봐."

호림은 전화를 끊고서 피드를 또 하나 올렸다.

'나문에 오래 머물기로 했다.'

그렇게 적었다가 잠시 고민한 후 한 줄을 더 적었다.

'분당에는 평생 돌아가지 않을 것이다. 극도로 세속적인

동네로는. 나는 거기서 한 번도 행복했던 기억이 없다.'

사진은 영근의 서점 귀퉁이에 있는 블랭킷을 가까이서 찍은 것으로 정했다.

*

종례가 끝나고 효정은 책가방을 교실에 내버려둔 후 한참 동안 화장실에 들어가 있었다. 교실에 아무도 없을 때까지 기다리고 싶었다. 자신이 시험이 끝난 날 혼자 집에 간다는 사실을 누구도 알지 못하도록.

한참 후에 나왔는데도 여전히 교실에는 고데기로 머리를 마는 아이들이 있었다. 다른 반 아이들도 함께였다. 그중 양호실에서 만났던 두 아이를 효정은 알아보았다. 모르는 척 지나가려는데 그들이 먼저 인사를 했다. 야, 안녕!

"어, 안녕."

"시험 잘 봤어?"

"씨발, 조졌어."

효정의 입에서 뜻밖의 거센 단어가 나오자 그들은 뭐가 재미있는지 깔깔대고 웃더니 서로 눈빛을 주고받았다. 그러더니 효정에게 물었다.

"같이 놀래?"

"어?"

"시험 끝났잖아. 우리 놀러갈 건데, 짝이 안 맞아서. 같이 놀래? 남자 반 애들이랑 노래방 갈 건데."

같은 반 아이들보다 걔들이 더 살가웠다. 효정이 계속 눈을 굴리자 한 아이가 효정의 손을 덥석 잡기까지 했다.

"가자, 응? 우리 노래 존나 못한단 말이야. 너는 잘하잖아."

어떻게 알았을까. 물을 겨를도 없이 효정은 고개를 끄덕였다. 그리고 그날 노래방에서, 서로 물고 빨고 더듬는 아이들 사이에 앉아 노래를 연속해 불렀다. 아이들이 시키는 대로 노래가 끊어지지 않도록, 침묵이 한순간도 찾아오지 않도록 노래책을 뒤적이며 예약을 했다. 노래가 끝날 때마다 아이들은 서로 붙이고 있던 입술을 떼고 말했다. 야, 너 노래 진짜 잘 부른다! 근데 무슨 노랜지 하나도 모르겠어. 이런 특이한 노래들을 어떻게 다 아냐? 효정이 대답하려 할 때마다 다음 노래의 전주가 시작되었고, 아이들은 리모컨을 들어 간주 점프 버튼을 누른 후 다시 서로의 입술을 핥았다.

효정의 목소리가 다 갈라질 즈음에야 그들은 물고 빨기를 멈추고 노래를 들었다. 노래가 끝나자 남자아이 하나가 상냥한 척 물었다. 근데 너 공부 잘하는 애 아니냐? 우리가 이 지랄해서 놀란 거 아니야?

"아니. 익숙한데."

"뭐? 어떻게 익숙해?"

"내 친구 아빠가 룸살롱 하니까."

효정은 말했다.

씨발, 나 걔 알아! 다른 아이가 끼어들었다. 걔 박지양 아니야? 날씬하고 하얀 애? 엄마가 자살한?

"맞아."

"걔도 잘 꾸미면 존나 예쁠 거 같은데, 근데 안 꾸민다?"

"자기네 아빠가 몸 팔라고 할까 봐 그런가 보지."

아이들이 낄낄거렸다. 여자고 남자고 할 것 없이. 그러다가 양호실에서 봤던 한 아이가 외쳤다.

"맞다! 너 저번에 양호실에서 무슨 얘기 했었잖아? 그치? 나랑 얘랑 다 빠가라서 와, 존나 놀라운 얘기다, 하고 듣고 나서 까먹었지 뭐야? 애들한테 얘기하려고 하니까 생각이 안 나더라고! 야, 너네 기억 나냐? 내가 존나 재밌는 얘기 있다고 불렀다가 까먹어서 너네가 나 존나 다굴했잖아?"

옆에 앉아 있던 아이가 거들었다.

"씨발, 그래, 존나 맥 빠졌던 거 기억난다, 씨발년아."

"그게 얘가 말한 거라니까? 야, 잘됐다. 지금 다시 들으면 되겠네."

남자아이들이 자석에 붙는 철 가루처럼 효정을 향해 모여들었다. 효정은 입을 조금 열었다. 아, 그렇지. 효정의 부모가 했던 말. 그걸 양호실에서 두 아이한테 떠벌렸었지. 무슨 말이었더라. 무슨…….

그런데 이렇게 많은 쪽수 앞에서 말하면 내가 나쁜 사람이 되는 것이 아닌가. 그런 생각이 들자 입이 다시 딱 다물어졌다. 노래방 미러볼만 계속 돌았고, 효정이 예약한 노래의 간주들이 모두 주인 없이 흘러갔다. 기대에 찬 얼굴들이 점점 굳어졌다. 어떻게 하지? 효정이 어디론가 뚝 떨어지는 듯한 마음을 붙잡고서 눈치만 살피자, 아 씨발, 하고 누군가 침을 바닥에 탁 뱉었다.

"뭐질래? 말 안 할 거면 아예 시작을 하지 말든가."

효정은 어깨를 움츠렸다. 무서웠다. 그래, 이건 협박이다. 이런 걸 기다렸다. 자신이 어쩔 수 없이, 정말 원하지 않았는데 너무 두려워서, 저 아이들이 나를 해코지할 것 같아서 벌벌 떨며 어려운 말을 뱉어야만 하는 순간을. 이걸 콱, 하고 남자아이 하나가 효정을 향해 손을 올렸다. 효정은 과장되게 몸을 움츠렸다. 이제 되었다. 정말 어쩔 수가 없었다. 위협을 느꼈으므로 털어놓아야 했다. 털어놓을 수 있었다.

효정의 부모는 그날 효정에게 다 들리도록 그런 말을 했다. 그 집 아버지가 외국에 '아가씨 사러' 출장을 그렇게 다니다가 결국 딴 나라에 두 집 살림을 차리고 이혼하자는 말을 했단다, 자기 남편이 룸살롱 한다는 사실엔 아랑곳하지 않던 마누라가 그 이혼 선언에 충격받아 투신을 한 거란다, 무엇보다 중요한 건 그 마누라도 사실은 그 남편이 운영하던 업소 출신이라더라, 이사하던 날 떡을 돌리는데 그 추운 초봄 날 어깨가 다 드러나는 야한 옷을 입고 다녔다더라, 어깨에 문신까지 한 걸 102동 엄마들이 다 봤다더라, 우습지 않느냐, 저도 '걸레'면서 남자가 외국인 여자한테 넘어갔다고 죽는다는 게, 아이가 엄마 보고 뭘 배웠겠느냐, 아니, 부모가 다 쓰레기니 그 아이도 마찬가지일지 모른다, 그런 얘기들.

효정이 들은 건 거기까지였다. 그러나 이상하게도 누군가가 자신에게 목줄을 채운 후 마구 끌고가는 것 같았다. 더 말해도 된다고, 네가 상상했던 게 사실 다 진짜라고. 그래서 효정은 듣지 않은 말도 하기 시작했다. 아주 거짓은 아니었다. 지양이 교환 일기에 적었던 내용에 라이브 클럽에서 본 장면들을 양념으로 뿌렸다.

그런데 아이는 빈소에서 울지도 않고 눈만 부릅뜨고 있더란다, 제 아버지가 그렇게 번 돈으로 어디서 성인 남자들을 만나고 다닌다더라, 그런 부도덕한 콩가루 집안이 이웃으로 있어도 되는 거냐, 외지인이 와서 나문 분위기를 다 흐린다, 순진한 우리 아이들이 휘둘려서는 안 되는데 걱정이다, 그런 얘기들을.

137

하지만 당시 효정은 그것이 분명한 사실이라 믿어 의심치 않았다. 지양이 성인 남자들을 만나는 걸 자신이 봤으니까. 지양이 보란 듯 과시했으니 숨겨줄 필요도 없었다.

"성인 남자를 만나고 다닌다고?"

아이들이 가장 흥미로워했던 건 바로 그 부분이었다. 효정은 대답했다. 어, 내가 직접 본 거야.

"원조 같은 건가?"

"거기까진 모르겠어. 근데 같이 술도 먹고, 막 자기 많이 도와줬다고 그러고."

"도와준 게 원조지. 맞네, 씨발. 얌전해 보이더니 결국 피는 못 속이죠?"

"학교에서만 순진한 척한 거네, 그 씨발년이?"

아이들이 쑥덕거리고 또 킬킬댔다. 그러다 효정에게 노래를 시켜서 효정은 다시 마이크를 잡았다. 엄마에게 전화가 왔다. 한두 번이면 멈출 법도 한데 계속 진동이 울렸다. 결국 화면이 보이지 않도록 엎어두었다. 마지막 곡으로는 자신이 좋아하는 스타일이 아닌 유명 알앤비 발라드를 불렀다. 노래 잘하는 여자아이들이라면 강당에 올라 한 번쯤은 불러봤을 바로 그 노래. 남녀노소 모두가 좋아하는 노래, 어디서 불러도 손색없는 노래. 아이들은 여전히 서로를 껴안은 채 노래를 들었다. 노래가 끝난 것도 모르고 있었다. 다시 만나자는 노래방 엔딩곡이 나오자 비로소 떨어져 각자 옷매무새를 다듬었다.

노래방을 나오며 여자아이들이 말했다.

"너 집에 가는 버스 알지?"

아무도 집에 가려는 모습이 아니었다. 어떤 남자아이의 집에 가서 술을 마시자고 떠드는 게 다 보였는데, 다 눈치 챌 수 있었는데 걔들은 마치 이게 정해진 코스의 끝이라는 듯 굴었다. 효정은 아연했다. 자신이 흥미로운 소갯거리를 재화로 던졌으면 그에 상응하는 보상이 와야 하는 것 아닌가. 왜 자신을 혼자 집으로 돌려보내려 하는가. 왜 단물만 쏙 빼먹고 버리는 이들처럼 구는가. 얼마나 더 해줘야 하는가. 얼마나 더…….

그때 누군가 손가락을 쳐들었다. 모두의 눈이 그 끝으로 쏠렸다. 골목 저 멀리 끝에 누군가가 있었다. 분명 지양이었다. 남자와 어깨동무를 한 채로. 그때 그 공연의 기획자였다.

"뭐야, 진짜네?"

아이들이 아귀 같은 미소를 지으며 효정을 바라보았다.

"네가 했던 말, 진짜네?"

효정은 웃었다.

마침내 아이들의 술자리에 합류할 수 있었다. 핸드폰은 계속 엉덩이 부근에서 진동했다. 그러나 꺼내지 않았다.

9

"너, 아직도 아빠랑 뒷산에 안 갔지?"

아버지 모시고 뒷산 가란 말에 자신이 외출 안 하고 있는 건 신경도 안 쓰느냐며 호림이 신경질을 냈던 일을 엄마는 잊지 않고 있었다. 호림은 뭐라 대꾸할 말이 없어 입을 다물었다. 엄마가 다시 덧붙였다.

"둘이서 가란 얘기 안 할 테니까 이번 주말에 엄마까지 셋이서 같이 가자."

"엄마, 나 무릎도 안 좋고⋯⋯."

"무릎 안 좋은 애가 그렇게 밖을 나다녀?"

그러더니 놀랍게도 이렇게 말했다.

"승환이한테 말 안 하는 조건이야, 가."

"뭘 말 안 해?"

"내가 나문에서 모르는 게 있을 것 같니?"

고등학교를 졸업하고 나문을 떠날 때만 하더라도 아파트 단지 뒤편은 온통 촌 동네였다. 십 분만 걸어가도 소똥 냄새가 났고 비닐하우스가 즐비했다. 그러나 지금은 입주자 없는 새 아파트와 상가 들이 을씨년스럽게 서 있었다. 뒷산은 반쯤 헐려 있었고 그런 민둥산을 신발도 벗어든 채 맨발로 오르는 노인들이 천지였다.

호림은 부모와 조금 떨어져 걸었다. 나문에 내려올 때 운동할 때 입을 만한 옷가지는 아무것도 챙겨오지 않아서, 엄마의 등산복을 입고 엄마의 등산화를 신고 엄마의 등산 스틱을 쥐고 있었다. 아버지는 엄마와 손을 잡고 걸었다. 웃겨. 호림은 그렇게 생각하면서 더 빠르게 휘적휘적 움직였다. 흙이 잔뜩 묻은 바지 자락이 썩썩 소리를 냈다. 자신에게서 섬유유연제 냄새와 잘못 말린 빨래 냄새, 땀 냄새가 섞여 올라와 코를 찔렀다. 그 냄새를 가리기엔 산의 나무들이 너무 볼품없었다.

산에서 내려온 뒤엔 부모가 요하는 대로 삼겹살집에 갔다. 부모를 알아본 사람들이 여기저기서 인사를 해댔다. 교장선생님, 원장 선생님. 부모가 아직도 단단히 쥐고 있는 호칭이었다. 사람들은 호림을 보며 물었다. 딸내미? 그럴 때마다 호림은 고개를 끄덕이는 척하면서 푹 숙였다. 그렇게, 도떼기시장 같은 곳에서 맥주 두 병과 소주 한 병을 시켜 섞은 후 나눠 마셨다.

운동을 해서인지 꽤 취기가 올랐다. 부모도 그런 모양이었다. 2차를 가자고 성화하기 시작한 걸 보면. 호림은 집에 가고 싶었으나 참았다. 아마 '승환이에게 말 안 하는 조건'이라던 엄마의 표현이 영향을 미쳤을 거였다. 오케이, 오케이. 오늘은 엄마 하고 싶은 대로 다 참아줄게.

하지만 파리호프라니.

지난번과 달리 사람이 어마어마하게 많았다. 버터는 신나게 안주를 얻어먹으며 분주하게 돌아다녔다. 호림의 가족은 하나 남아 있던 테이블에 앉았다. 엄마가 "안주는 사장님 맘대로!"라고 주문을 넣었다. 사장이 웃더니 호림 쪽을 힐끗 돌아보았다.

"여기 사장이 싹싹해서 좋아. 동네 사람들 단골 관리를 잘해. 그러니까 이렇게 사람이 많지. 너는 처음이지? 어린 애들은 이런 데 안 오니까."

엄마의 말에 호림은 고개를 주억거렸다. 주문한 먹태가 나왔고 엄마는 소스 그릇을 아버지와 가까운 쪽으로 밀어주었다.

엄마가 설마 모를까, 호림은 생각했다. 이 집 사장의 남편이 어떤 술집을 운영하고 있는지, 엄마가 팔아주는 이 안주의 이윤이 어디로 흘러들어가는 건지, 설마 모를까.

과거의 엄마라면 모를 리가 없었다. 그러나 지금의 엄마라면, 호림은 정당화했다. 지금의 엄마라면 소문에 둔할수도 있다고. 어쨌거나 눈은 어두워지고 귀는 먹고 있는 장년층이 아닌가.

"원장님, 따님은 처음 보네?"

서비스 안주라며 계란프라이를 부쳐온 사장이 엄마를 몸통으로 가볍게 밀치며 물었다. 엄마가 함빡 웃으며 대답했다. 내 딸내미인데 분당에서 일타강사야, 일타! 사장님, 그게 뭔지 알아?

"나야 무식해서 모르는데 일 자가 들어간 걸 보니 좋은 거네. 원장님, 그치?"

"그래. 그냥 뭐, 애들 가르쳐서 서울대 보내고 돈은 억대로 번다, 억대로! 그런 얘기야."

"어우 씨, 뭐야? 기죽어. 원장님 지금 보니까 부자 딸 자랑하려고 데려왔네?"

엄마가 킬킬 소리를 내며 웃다가 아버지 쪽으로 고개를 돌리고는 등을 세게 내려쳤다. 아버지는 먹태 소스 위의 마요네즈만 잔뜩 찍어 입에 넣고 있었다. 사장이 능숙하게 소스 그릇을 들고 일어서서 원장님, 왜 남편을 때려, 리필해드릴게, 하고 카운터로 향했다. 사장의 등을 좇던 호림의 시선이 마침 딸랑 소리를 내며 열린 출입문에 닿았다.

지양이었다. 지양이 혼자 들어와서는 매장 안을 휘이 둘러보고 사장에게 말했다. 얼마나 바쁘길래 불렀나 했더니 오늘은 진짜 좀 많네?

사장이 지양의 팔짱을 끼었다. 엄마가 그 모습을 보더니 자신의 맞은편에 나란히 앉은 아버지와 호림의 눈앞으로 고개를 주욱 빼고 속삭였다. 어머, 오늘 알바 쉬는 날인데 너무 바빠서 불렀나 보네.

"여기 알바도 알아, 엄마가?"

호림이 물었다.

"알지. 쟤, 걔 아니야? 호림이 너랑 동창이었던 애. 102동에 사는. 그 왜, 너 고등학교 때 쟤 엄마가……."

"엄마, 안주 더 먹을래? 아빠가 아무래도 뭐가 좀 부족한가 봐."

호림은 큰 소리로 엄마의 말을 끊으며 메뉴판을 펼쳤다. 그러고는 속으로 곱씹었다. 지긋지긋한 나문시. 얼굴을 대충 봐도 다 아는 사이인. 눈치도 없는 엄마. 대도시의 익명성 안으로 다시 숨고 싶었다. 엄마를 아무도 모르는 대도시의 한가운데에 떨어뜨려 놓고 싶었다. 아주 당황하겠지. 괴로워 미칠 거야.

사장이 지양에게 마요네즈가 그득 담긴 그릇을 건네며 호림의 테이블 쪽을 가리켰다. 호림은 그 장면을 힐끗 쳐다보다가 눈을 질끈 감았다. 여보, 뭐 먹고 싶어요? 엄마가 아버지에게 물었다. 호림은 숨고 싶어졌다. 지양에게 아는 척을 하고 싶지 않았다. 절대로, 절대로 그러고 싶지 않았다. 적어도 아버지와 같이 있는 이 순간에는…….

"여기, 소스 드릴게요."

지양이 테이블에 소스 그릇을 내려놓았다. 다행히 호림에게 알은척을 하려는 건 아닌 듯했다. 호림이 감사합니다, 라고 고개를 깊이 숙이고 서둘러 그릇을 아버지 앞에 갖다 놓았다. 지양은 테이블을 떠나려 했다. 그러나 엄마가 멈춰 세웠다.

"저기 언니, 우리가 배는 부른데 입이 심심해서. 하나 더 시키려고 하는데 추천해줄 만한 안주 없을까?"

제발, 엄마. 호림이 속으로 중얼거렸다. 테이블 아래로 내려간 오른손에 아버지의 손이 닿는 것이 느껴졌다. 건조하고 버석버석한 손. 호림의 축축한 손과는 달랐다. 지양은 웃는 듯 아닌 듯 묘한 표정으로 대답했다. 음, 먹태를 드셨으니까 또 마른안주 드시긴 좀 그럴 테고. 해장 겸 속도 푸시게 오뎅탕은 어때요, 오뎅탕?

"살찌잖아."

엄마가 대답했다.

"야채 많이 넣어드릴게. 손님은 거기서 야채만 골라 드시면 되죠. 오뎅은 아버지 드리구."

그럴까? 엄마가 눈을 크게 뜨며 맞은편의 두 사람을 번갈아 쳐다보았다. 둘 다 고개를 끄덕였다. 아버지는 무슨 생각일까. 적어도 호림에게는 얼른 지양을 테이블에서 보내고 싶은 마음밖에 없었다.

엄마가 오뎅탕을 추가로 주문했다. 그러나 지양이 돌아서려 할 때 다시 부르더니 물었다. 언니 딸내미도 당곡고 다니지? 내가 그 앞에서 본 거 같은데.

엄마, 바쁘시잖아, 방해하지 말고 얼른 가시라고 그래. 호림이 만류했지만 엄마는 들은 척도 하지 않았다.

"아니, 진짜 딸내미랑 똑 닮았더라고."

"엄마."

"우리 애는 딩크래, 딩크. 언니, 딩크가 뭔지 알아? 애는 안 낳는다 이거래. 내 인생에 손주 안는 게 소원이었는데 어쩌요, 이렇게 살아야지? 그치?"

지양이 희미하게 웃었다. 마침 손님들이 우르르 떼로 빠져나갔다. 지양이 얼른 가서 테이블을 정리했다. 한숨 돌릴 수 있을 거라 생각했으나 착각이었다. 엄마는 오뎅탕을 끓일 버너를 들고 온 지양에게 재차 말을 걸었다.

"언니, 결혼은 안 했잖아?"

이제 호림은 미칠 것 같았다. 엄마가 드디어 정신이 나갔나 싶었다.

"네, 안 했죠."

"새 남자 찾아야지."

"별로 생각이 없어서요."

"왜 그래 진짜, 아직 나이가 창창한데."

엄마가 지양의 팔뚝을 때리더니 호림을 가리켰다.

"우리 애는 결혼했거든. 남편도 있는데 여기 와서는 연애를 한다고 그렇게 돌아다니더라. 내가 남부끄럽다고 혼내려다가, 그것도 옛날 사람 마인드다, 그렇게 생각해서 얼른 잘해보라고 그랬어. 사위한텐 미안하지만, 어? 여자들도 재미 좀 봐야지. 그런 게 요즘 사람들 마인드 아니

야? 안 그래? 내가 우리 딸한테 이런 얘기 했다가 혼날까
봐 언니한테 대신 물어보는 거야."

그러더니 말하는 것이었다.

"언니같이 이런 데서 일하는 사람들은 이런 거 이해 잘
하잖아. 자유연애!"

*

그리고 보면 참 이상한 일이었다. 아이들은 키스도 섹스
도 다 했다. 대학생과 사귀는 애들도 몇이나 있다고 했다.
약간의 죄지만 오히려 훈장과도 같은 일들. 그런데 그 훈
장을 단 애들이, 왜 죄의 무게만을 짊어질 누군가를 눈에
불을 켜고 찾아 헤맸을까. 지양과 자신들의 다른 점이 뭐
라고 생각했을까? 어쩌면 지양은 기획자와 키스도 섹스도
안 했을지 몰랐다. 아니, 지양의 말에 따르면 둘은 확실히
그런 사이가 아니었다. 그냥 우정. 비슷한 걸 좋아하는 사
람들 간의 우정. 취향을 공유할 수 있는 조금 더 산 사람에
대한 동경. 그런 게 다였다. 효정이 아는 한은.

그런데 왜 그 아이들은, 자신들도 다 하는 걸 했다는 이
유로 혐의를 씌워 지양을 괴롭히기 시작했을까.

다음 날 학교에 가자 효정의 옆자리인 지양의 책상에 네
임 펜으로 휘갈긴 낙서가 가득했다. 걸레, 원조녀, 재수 없

어, 죽어라. 또 그런 낙서도 있었다. 창놈, 창녀 딸. 누군가 정성들여 나무 책상에 구멍을 내놓기도 했다. 칼로 동심원을 여러 번 빙빙 돌려 긁으면 생기는 구멍. 그 구멍 옆에는 지양의 성기를 은유하는 말이 적혀 있었다.

효정은 당황했다. 아직 지양이 등교하기 전이었다. 책상을 바꿔두어야 하나, 그런데 새 책상을 어디 가서 찾을 수 있나. 담임에게 말해야 하나, 어떻게 이렇게 악독한 짓을 할 수가 있나. 효정은 고민했으나 자신과 함께 술을 마셨던 아이들의 가방이 답지않게 벌써부터 각자의 자리에 놓여 있다는 사실을 깨달았다.

만약 이 낙서를 그대로 둔다면, 그래서 지양이 대단히 상처받는다면, 엎드려 엉엉 울기라도 한다면 어떻게 달랠 것인가. 그 아이들이 눈을 시퍼렇게 뜨고 보고 있을 텐데. 담임이 범인을 색출하기 시작한다면, 그러면 어떡하나. 네 유일한 친구의 책상이 이 지경이 되었는데도 아무런 조치를 하지 않은 거냐며 효정을 타박한다면. 그러면 어떡하나.

그래서 효정은 가방을 멘 채로 다시 교실을 나갔다. 아무도 자신이 등교했다는 사실을 몰라야만 했다. 사람이 거의 드나들지 않는 냄새나는 쓰레기장 한구석에 숨어서 아침 자습과 조회가 끝날 때까지 교실에 들어가지 않았다. 지각은 난생처음이었다. 핸드폰 진동이 울렸다. 조회를 마친 담임이 엄마에게 연락을 했을 터였다. 엄마를 계속 실망시키는구나. 눈물이 치솟았다. 왜 이런 일이 나에게 생길까? 도대체 왜?

누구 때문에?

1교시 예비 종이 쳤다. 효정은 지금 막 등교한 것처럼 가방을 고쳐 메고 뛰었다. 연극은 아니었다. 정말로 마음이 급했다. 교무실에 가서 자신이 제대로 등교했음을 담임에게 알려야 했고 방금 생각해낸 변명을 이야기해야 했으며, 너무 늦지 않게 교실에 돌아가 수업에 출석한 뒤 지양의 동태도 확인해야 했다. 만약 담임이 지양의 책상을 미리 바꿔줬다면 다행일 것이다. 어떤 일도 모르는 척할 수 있으니까. 그러지 않았더라도 괜찮다. 담임이 그다지 크게 신경 쓰지 않는다는 뜻이니 적당히 지양을 위로하며 익명의 범인을 함께 욕하면 자신의 의무는 끝. 그렇게 된다면 늦게 교실에 도착한 자신은 용의선상에서 완전히 배제될 것이었다.

그러나 교무실에 갔을 때 담임은 보이지 않았다. 아니, 교무실 자체가 텅 비어 있었다. 효정은 교실 앞까지 뛰어갔지만 들어갈 수 없었다. 아이들이, 다른 학년까지 구름 떼처럼 몰려 있었다. 선생들이 욕설을 내뱉고 회초리와 지시봉을 휘두르며 인파를 쫓아내려 했지만 역부족이었다.

효정은 누군가를 붙잡고 무슨 일이 생긴 거냐고 물을 수 있는 성격이 아니었다. 그래서 가방의 어깨끈을 꽉 부여잡은 채 우뚝 섰다. 잔뜩 흥분해서 떠들썩해진 목소리들을 최대한 귀담아들었다. 파도처럼 일렁이는 어깨들 사이에서, 혼자 미동 없이 선 채로.

야, 다 들었어? 몇 명이나 나온 거야? 나 너네 담임 이름도 분명히 들었다? 씨발, 웃기지 마. 상규가 왜 그런 델 다녀, 젊고 잘생겼는데. 엠창, 진짜 들었다니까? 야, 세어봐. 교장, 교감에 1학년부터 3학년 부장까지 다 나왔어. 체육은 없었나? 어떤 애들은 들었다고 그러고 어떤 애들은 아니라고 하는데? 야, 근데 개쩔지 않냐, 쟤는 그걸 다 알면서 가만히 있었던 거냐? 나 같으면 존나 다 말하고 다닌다. 대가리가 있으면 생각을 해라. 자기가 그걸로 먹고사는데 어떻게 나불댈대? 잘못했다가는 손님 끊겨서 굶어 죽을 텐데. 와, 씨발, 아무리 그래도 그렇지 학교 선생이란 새끼들이 그런 데를 다니냐? 야, 선생한텐 좆이 안 달렸냐? 좆 달리면 다 그런 데 다니냐? 그런 거 아니냐?

그런 데…….

효정은 정신이 번쩍 들었다. 어깨와 허리, 골반의 장벽

들을 뚫고 교실 쪽으로 더 가까이 다가갔다. 짐승이 울부
짖는 듯한 소음이 의자 집어던지는 소리와 함께 났다. 짐
승은 계속해서 세 글자의 무언가를 중요한 개념처럼 반복
해 읊고 있었다. 사람들의 이름이었다. 짐승은 주장했다.
그들이 모두 자기를 먹여 살렸다고, 제 아버지가 한다는
바로 그 술집의 브이아이피들이라고, 뻔질나게 드나들며
여자를 찾는 이들이라고, 정말 감사하다고, 아직 이름들을
반의 반도 말하지 않았으니 기다리라고, 네 아빠도, 네 아
빠도, 그리고 너의 아빠도 내 입을 통해 만나게 될 거라고.
나를 창녀라고 부른 것이 누구든 네 아버지가 나와 얼마
나 가까운 사람인지 알게 될 테니 기대하라고.

"진짜 저렇게 업소를 많이 다닌다고? 씨발, 우리 아빠 이
름 나오면 난 이 자리에서 자살한다."

1학년들까지 몰려든 와중에 자그만 여자아이 하나가 친
구에게 말하는 걸 듣고서 효정은 생각했다.

안 된다.

내 아버지의 이름이 나와서는 안 된다.

지양이 얼마나 많은 고객의 이름을 아는지 모르지만, 스
무 명인지 이백 명인지 모르겠지만, 적어도 내 아버지에
대해 알고 있다는 사실은 확실하다. 구정물 속의 새우…….
화장실 칸 속에 누가 들어가 있는지도 모르면서 인사불성
이 되어 욕을 내뱉고 협박하던 그 사람…….

행여나 이런 식의 추문에 휘말려 교장이 되지 못한다거나, 평교사로 내려앉는다든가 하는 일이 있어서는 안 됐다. 엄마가 남편에게 실망하는 일이 있어서도 안 됐다. 그이후에 예상되는 일들을 견딜 수 없었다.

아주 화목하고 평화로운 자신의 정상 가정이 절대 깨지지 않기를 효정은 원했다.

고난을 겪고 싶지 않았다.

유복하고 싶었다.

가난도 눈물도 실패도 원하지 않았다.

효정은 교실 뒷문을 열었다. 담임은 칠판에 붙어 있었고 아이들은 넓은 원을 둥그렇게 그린 채였다. 그 가운데에 지양이 있었다. 잔뜩 낙서가 된 책상이 바리케이드처럼 지양의 앞을 지키고 있었고, 지양은 울부짖는 소리를 내며 이것저것을 집어던지는 중이었으나 놀랍게도 실제로 눈물을 흘리고 있지는 않았다. 사물함 문짝 몇 개가 뜯어져 있었고 교실 한쪽의 라디에이터는 아마도 지양이 던졌을 무언가에 맞아 박살이 나 있었다.

효정은 교실 한가운데로 돌진해 지양의 허리를 뒤에서 껴안았다. 지양의 팔꿈치가 자신의 얼굴을 쳤지만 팔을 풀지 않았다.

"지양아, 야, 박지양!"

효정이 말했다.

"무슨 일이야. 왜 그래. 속상한 일 있어? 왜 그래, 무슨 일이야, 응?"

지양의 허리를 더 단단히 안았다. 무슨 말을 해야 할지 몰랐지만 본능적으로 나온 소리는 그랬다.

"너 나랑 같이 대학 가서 밴드 하기로 했잖아. 글도 쓰고 가사도 쓰고 노래도 만들 거잖아. 나문 떠날 거잖아. 응? 이러면 어떡해. 우리, 잘 참기로 했잖아."

지양은 교환 일기를 쓸 때면 언제나 효정이에게, 라는 말로 시작했다. 예컨대 이런 식이었다.

효정이에게, 어제는 나의 스무 살을 생각해보았어, 항상 하는 것이지만 어제는 조금 더 깊게 생각했어, 왜냐하면 꿈자리가 사나웠으니까, 나는 꿈에서 대학에 합격했다는 증서를 받아 그걸 카디건 주머니에 소중하게 챙겨 넣었는데 어느 순간 정신을 차려보니 아무것도 입고 있지 않았다, 카디건은커녕 바지도 팬티도 입고 있지 않았던 거야, 그런데 지나가는 사람들이 모두 내 옷을 입고 있었어, 나와 똑같은 옷을, 그건 하나밖에 없는데, 아빠가 출장 갔다 오면서 엄마한테 사줬던 거라 누구도 가질 수가 없는데 어떻게 모든 사람이 그 옷을 입고 있을까, 나는 미친년처

럼 사람들한테 달려들어 때리고 할퀴고 옷을 빼앗아 호주
머니를 뒤집어보면서 울었다, 그런데 아무리 해도 아무것
도 없었다, 그렇게 한참을 괴로워하다가 깨어나보니 아직
새벽 세 시였고 아빠는 여태 들어오지 않았어, 가슴이 너
무 답답해서 베란다에 나갔는데 씨발, 우리 집은 1층이라
주차된 차의 뒤꽁무니밖에 보이지 않았고 씨발, 우리 집에
매연 들어온다고 후면주차 하지 말라니까, 하고 생각하니
울음이 터졌어, 엄마가 떨어졌던 자리에 차들이 가만히 있
는 게 웃겨서 그랬어, 그거 아니? 나는 오랫동안 궁금했어,
엄마가 왜 하필 이사 온 그날 떨어져야 했는지, 새로운 곳,
아무도 나를 모르는 곳에 도달했다면 적어도 나라면 어떻
게든, 거짓말을 왁왁 해서라도 예전의 내가 아닌 척해볼
텐데, 나와 아빠가 같이 있었던 게 문제였던 걸까, 그렇다
면 도망이라도 가지 왜 그것도 못 하고 죽었나, 그게 궁금
했어.

　나는 그 마음을 내가 이해하게 되는 날이 도래하는 게
두렵다, 내가 탈출을 단념하게 되는 날이, 탈출이란 꿈이
현실로 이루어지지 않을 거라는 명백한 사실을 마침내 알
아채거나, 아니면 어디로 도망쳐도 결국엔 똑같을 거라는
사실을 이해하게 되는 날이, 그런 날이 오는 게 두려워, 사
실 나는 용기도 없고 능력도 없어, 꿈에서야 대학에 합격
했지 지금 성적으론 턱도 없고, 아마 나문에 있는 전문대

에 가겠지, 형산아파트에서 평생을 살겠지, 다른 지방으로
도 무서워 못 가겠어.

효정아, 나는 네가 잘됐으면 좋겠어, 대학도 서울로 가
고 나중에 돈도 잘 벌고 잘나갔으면 좋겠어, 내가 가끔 도
망칠 수 있게, 너네 집 가서 잠도 좀 자고 공연도 보고 술
도 마시고 할 수 있게, 그래서 항상 네가 잘되기를 기도해,
엄마한테…….

그러면 효정은 답하곤 했다.

같이 가면 되지. 왜 나만 간다고 생각해? 그리고 나, 잘
사는 사람 안 될 거거든? 가오 떨어지게 어떻게 잘사는 사
람이 돼? 밴드 할 건데. 아주 구질구질하고 애처롭게 살
거야. 너보다 더. 반지하에서 살며 밥도 못 먹으며 살 거
야. 그러니까 그렇게 되면, 그땐 네가 나를 책임져.

10

'미안해, 내가 다 민망하네. 저 연세쯤 된 어른들은 왜
저렇게들 주책이신지 모르겠어, 진짜.'

집에 돌아온 호림은 지양에게 메시지를 보냈다. 이미 새

벽 두 시를 넘긴 시각이었으니 아마 가게도 마감을 하고 있을 터였다. 지양의 집에 초대받았던 날 이후 처음 보내는 메시지였다. 지양 역시 그사이 자신에게 연락한 적이 없었고, 한때는 그것을 다행으로 여겼으나 화끈거리는 자신의 얼굴만은 어떻게든 해결을 해야 했다. 그때 지양에게 곧바로 답장이 왔다.

'뭐 어때, 되게 행복한 커플 같았어.'

'밖에서나 그러는 척하는 거야.'

'부모님이랑 한잔도 하러 오고, 그러고 보면 세월이 많이 흘렀네.'

지양이 덧붙였다.

'예전엔 우리, 부모님 엄청 미워했는데, 그치.'

'그랬지.'

'그런데 신기하다. 너 어제 진짜 좋아보였어. 나는 좀 궁금하다. 부모님이랑 화해가 돼?'

'응?'

'우리 예전에 가사 쓰고 그럴 때. 네 가사들 진짜 좋았는데. 그런데 어제 보니까 다 화해한 것처럼 보여서. 부모님한테 맞았던 건 생각 잘 안 나?'

그 거짓말을 지양은 잊지 않고 있었구나. 어떻게 답을 해야 하나 고민하는데, 지양이 덧붙였다.

'우리 애가 스무 살 되자마자 나를 버리고 내가 죽을 때까지 다시 돌아오지 않을 거라는 확신이 드는데, 근데 너처럼 나중에라도 화해할 수 있는 거라면, 그럼 좀 희망을 얻을 수 있지 않을까 해서.'

그런 생각을 하는 엄마가 애를 그렇게 팼나? 호림은 두들겨 맞던 성연을 떠올리며 마저 메시지를 적었다.

'우리 어렸을 때 생각하면서 대해줘 봐. 우리가 왜 부모를 미워했는지 잊어버리지 않으려고 한다면 아마 많이 달라지지 않을까.'

'그러게. 내가 왜 아빠를 미워했지?'

네 아버지가 엄마를 죽게 만들었으니까. 호림은 속으로 생각했다. 네 아버지가 여자 나오는 술집으로 돈을 벌었으니까. 네 아버지가 너를 제대로 보호해주지 않았으니까. 교무실에서 개처럼 맞는 걸 막아주지 않았으니까. 사죄의 의미로 교직원 회식을 쐈으니까. 회를 사고, 2차로 맥주를 사고, 3차로 제 영업장에 데려갔으니까. 그렇게 그 일을 무마하려 노력했으니까.

호림은 묻고 싶었다. 그런데 왜 너는 비슷한 사람이 되려고 하느냐고. 여자이면서. 같은 여자인 딸을 키우면서, 어떻게?

그러나 꾹 참았다. 지양은 성연이 호림과 얼마나 가까운 사이인지 알지 못할 테니까. 아니, 알지 못해야 하니까. 과거를 돌이켜보면, 택시 기사의 말이 백번 옳았다. 질투에 눈이 먼 부모는 누구도 당할 자가 없었다.

호림이 어떻게 대답해야 하나 고민하고 있는데 성연에게서 전화가 왔다. 성연은 지양이 곁에 없을 때만 전화를 했기에 호림은 주저 없이 받았다. 물론 조금 놀랐다. 여태 성연이 새벽에 전화한 적은 없었으니까.

"죄송해요. 인스타에 초록불이 켜져 있길래 안 주무시나 해서 전화했어요. 정말 죄송해요."

"응, 괜찮아. 왜? 무슨 일 있어?"

"이상한 사람이 저한테 자꾸 디엠을 보내요. 쌤 얘기를 하면서요. 새벽 두 시마다 보내는데 지금까지는 계속 쌩깠어요. 집에 엄마가 있으니까 쌤한테 전화 걸 수도 없었고. 오늘은 엄마가 아직 안 왔는데 쌤이 초록불이길래, 혹시 몰라서, 그래서 전화를 걸었어요……."

"그 사람이 누군데?"

"몰라요. 프로필에 아무것도 없어요. 게시물도 없고."

"너한테 뭐라고 그러는데?"

성연이 주저하는 게 수화기 너머로 느껴졌다.

"응? 뭐라고 그러는데?"

"못 말하겠어요."

"말해, 지금 당장."

호림은 아차 싶어 다시 어조를 부드럽게 만들었다.

"네가 말해야 쌤도 해명을 하지. 쌤이 설명할 수 있는 일이야. 누가 그랬는지 알 것 같아. 뻔해."

"쌤이 저한테 했던 얘기들, 옛날에 부모님이랑 사이 안 좋았던 거, 그때 뉴런하이트 노래 듣고 가사 썼던 거, 그런 얘기 있잖아요. 쌤이 제 나이였을 때의 얘기들. 그걸 다 똑같이 말했어요. 제가 들었던 것들 다."

호림은 침을 삼켰다. 학원강사 할 때 나한테 집착하던 놈이 있었어, 라고 운을 떼려다가 꾹 참았다. 그렇게 말했다가는 성연이 자신도 그렇게 집착하는 사람처럼 보이느냐고 되물을지 몰랐다. 성연과 멀어지고 싶지 않았다. 그럴 수 없다고 생각했다. 왜 그런 마음이 드는지 정확히 꼬집어 설명할 수는 없었다. 그냥 그랬다. 왜일까?

"학원에서 수업할 때 애들이 졸리다고 하면 꺼냈던 얘기들이야. 그걸 가지고 지금 뭐라도 아는 척 허세를 떠는 거야. 누군지 알 것 같아. 나를 유독 싫어하던 애가 있었어. 걔일 거야."

"다른 애들한테도 그 얘길 다 했다고요?"

호림은 눈을 질끈 감았다가 다시 떴다.

"너한테 한 것만큼 진지하게는 안 했어. 다른 애들은 뉴런하이트가 뭔지, 레페리어가 뭔지도 몰랐고 그냥 부모랑 사이 안 좋았다는 얘기만 좋아했어. 성연이 너랑 했던 것만큼 깊은 얘기는 아무랑도 안 했어. 성연아, 그 새끼 사이코야. 신경 쓸 필요 없어."

"그런데요······."

"응, 말해, 성연아. 괜찮아."

성연은 우는 것 같았다. 그러더니 아주 천천히 말했다.

"그런데요, 제가 안 믿는다고 그랬더니 그 사람이 또 그랬어요. 소송 얘기를 해보래요. 지금 쌤이 고소를 당했는데 쌤 부모님이 쌤 몰래 합의를 하자고 계속 자기한테 연락을 한대요. 이 얘길 한번 말해보래요. 자긴 끝까지 믿었는데, 나이 든 부모 돈으로 문제를 해결하려 드는 게 믿을 수가 없다고······."

이게 무슨 이야기일까. 호림은 아무 말도 할 수가 없었다. 성연이 다시 말을 이었다.

"그것 때문에 너무 괴롭대요. 쌤이 부모란 것들한테 의지할 줄은 꿈에도 몰랐는데, 지금까지 자기한테 했던 말을 이제 하나도 믿을 수 없게 되어서······. 저도 그렇게 배신당해서 괴로워질 거래요. 죽고 싶어질 거래요."

거기까지 들었을 때 수화기 너머로 초인종 소리가 났다. 성연은 엄마가 왔어요, 라고 말하더니 전화를 뚝 끊었다.

다들 오전 열 시가 넘어 느지막이 깨었는데 엄마 혼자 일곱 시부터 일어나 북엇국을 한 솥 끓여놓고 있었다. 북어를 사러 아침 일찍 문을 여는 마트까지 이십 분을 걸어갔다 왔다고 했다. 호림의 국그릇에 북어가 가득 들어가 있었다. 그 누구의 그릇에 있는 것보다도 많았다.

"엄마, 엄마는 북어 안 먹어?"

네모난 무만 수북한 그릇을 가리키며 호림이 물었다. 엄마가 대답하려 할 때 아버지가 숟가락을 탁 내려놓더니 더는 못 먹겠다고 선언하고서 어기적대며 다시 안방으로 들어가 문을 닫았다. 엄마가 북어는 하나도 없고 무만 남은 아버지의 국그릇의 내용물을 자신의 그릇 안으로 쏟아넣었다. 그러고는 안방 문을 노려보며 말했다. 그러게 어제 왜 그렇게 과음을 했대?

"엄마도 안 마시진 않았잖아. 그리고 그런 말을 왜 했어, 자유연애니 뭐니. 민망하게."

"내가 뭐 없는 말 했니."

"생각해봐. 모르는 아줌마가 갑자기 그런 말을 하면 아무리 서비스업 종사자라도 당황을 해, 안 해?"

엄마가 입술을 비틀더니 대답했다.

"말했잖아. 그런 일 하는 사람은 그런 것도 익숙할 거 아니야, 우리보다."

"그런 것이 뭔데?"

"연애?"

호림은 기가 막혀 엄마를 바라보다 말했다.

"엄마, 나 그냥 친구 만나는 거야, 연애 아니고. 그리고 직업 가지고 편견 갖지 마. 요새 그런 말 하면 큰일 나. 사

161

실 뭐, 정치인 같은 사람들이 뒤에서 더 더럽게 놀고 그러는 세상 아닌가? 겉으로는 휘황찬란하게 좋은 말만 하면서, 뒷구멍으로는 안 그러지."

엄마가 김치를 젓가락으로 집더니 그걸 그대로 국그릇에 넣었다. 한 번, 두 번, 세 번. 그릇 안을 마구 휘저었다. 누렇던 국물이 금세 벌게졌다. 엄마, 뭐 해? 속이 어지간히 부대끼나 봐? 그럴 거면 차라리 김칫국을 끓이지 그랬어. 호림이 타박하듯 웃으며 말했다. 엄마가 이번에는 밥공기를 들더니 그대로 국그릇에 엎듯 부었다. 국물이 사방으로 튀었다. 뭐 해, 진짜! 아직도 술이 덜 깼어? 호림이 질색했으나 엄마는 아랑곳하지 않고 숟가락을 들어 국그릇 속의 밥을 마구 뭉개기 시작했다.

그리고 호림은, 엄마의 두 눈이 시뻘게진 것을 알아챘다.

호림은 엄마가 우는 것을 한 번도 본 적이 없었다. 태어나 단 한 번도. 엄마는 언제나 그 자리에 있는 사람이었다. 절대 없어지지 않을 사람. 아버지처럼 호림을 당황시키고 슬프게 만드는 사고 같은 건 안 치는 사람. 진정한 '양육자'이자 '교육자'. 호림에게는 사소하게라도 싫은 소리를 하지 않았던 사람. 호림이 가진 유일한 불만은 엄마가 자신이 다니던 학교에 자주 오가는 것이었다. 학부모회 회의 같은 것에 자꾸만 참석하는 것. 그게 너무나 창피했으나, 사실은 그걸 신경 써야 할 대상조차 호림에게는 없었다.

친구가 없었으니까.

그 당시의 호림은 자신에게 친구가 없는 이유를 엄마의 오지랖으로 돌리기도 했다. 수없이 학교에 드나들면서 정보를 수집하는 아줌마의 자식을, 그 어떤 아이가 가까이 두려 할까? 언제나 감시받는 느낌이 들 텐데. 이십 년 가까이 흘러 학원강사가 된 후, 예전과는 달리 그런 부모들의 자식이 또래 집단에서 굵직한 역할을 맡는다는 것을 알게 되었을 땐 대단히 놀랐고 동시에 조소하기도 했다. 그렇구나, 이제 그런 권력까지도 대물림받는 걸 환영하는 시대가 마침내 도래했구나, 하고. 사실 호림이 그렇게 마음을 써줬던 하준도 결국에는 부모의 권능을 가지고 호림을 괴롭히는 것이 아니던가.

어쩌면 엄마가 그런 사람인 게 호림에게는 다행이었을지도 몰랐다. 적어도 자신이 외톨이인 연유를 전가할 수 있었으니까.

물론 지금까지 엄마에게 티를 낸 적은 없었다고 호림은 자신했다.

그런데 엄마가 왜 갑자기 우는가.

호림은 급히 일어나 티슈 갑을 가져오며 자문했다.

엄마가 왜.

엄마는 한참을 흐느꼈다. 호림은 어찌할 바를 몰라 엄마의 등만 두드렸다. 이유도 알려주지 않은 채 갑작스레 우는 아이들을 달래기는 쉬웠다. 그러나 엄마는 어떻게 대해야 하는가.

마침내 조금씩 울음이 잦아들었다. 엄마가 고춧가루가 둥둥 떠다니는 국그릇을 들었다. 손이 벌벌 떨려 금방이라도 엎을 것 같아 호림이 안절부절못했으나 엄마는 마침내 그릇의 가장자리를 입에 대는 데 성공했고, 우렁찬 소리를 내며 국물을 한참 마셨다.

"걔는 다 아니까."

엄마가 말했다.

"걔 입 하나 막으려고 내가 얼마나 노력을 했는데. 이젠 이기고 싶어. 복수하고 싶어. 나를 그토록 괴롭게 만들었으니까. 그 쪼그만 년이. 내 딸이 잘나가는 거 보여줘야 돼. 걘 이제 여자도 아니잖아. 옛날 일 따위 이제는 우리 가족한테 아무 타격 없다는 거, 보여줘야 돼."

호림은 엄마가 무슨 말을 하는지 도통 알아들을 수가 없었다. 그러다 문득 무언가를 깨달았다. 설마. 설마 그랬을 수가 있나.

엄마가 손등으로 입을 훔치며 조금씩 떨었다.

"내가 걔 입 막으려고 얼마를 썼는데."

*

　지양이 정학을 당할 거다, 아니다, 이러쿵저러쿵 말이
돌았다. 그러던 중 학부모회에서 탄원을 했다는 소문이 들
렸다. 엄마를 그렇게 잃은 아이인데, 교사 된 도리로서 가
여워해야 한다며 입을 모았다고. 소문이 사실인지, 지양
은 그렇게 난동을 피우고 나서도 계속 학교에 나왔다. 퉁
퉁 부은 얼굴로 자습을 하고 수업을 다 들었다. 자신의 입
으로 내질렀던 이름 석 자의 주인들이 교단에 섰을 때, 지
양은 얼굴을 책상에 처박고 있었다. 아무도 지양을 깨우
지 않았다. 모르는 척했다. 담임은 효정을 교무실로 불러
칭찬했다. 네 덕분에 지양이가 더 큰 말썽을 피우지 않았
어. 네가 지양이를 말려주어서. 용기가 대단했어, 다칠 수
도 있었는데. 선생님들 모두가 대견하게 생각한단다. 효정
이 네가 너무 착해서, 마음이 아픈 친구랑 같이 다녀주고
보살피느라 얼마나 고생이 많았니. 내가 잘 챙겨주지 못한
것 같아 미안하구나. 혹시 너무 힘들면, 그렇게까지 힘쓰
지 않아도 괜찮아. 선생님이 책임져줄게.
　담임이 진다는 책임은 그저 "효정이랑 놀아줘라"라고 모
범생 무리에게 지시하는 것뿐이었다. 효정은 그 아이들과
서먹서먹하게 밥을 같이 먹었다. 그 아이들은 담임의 지시
를 절대 거스르지 않았고 예쁜 말만 했다. 아주 보드라운

손으로 효정의 손을 먼저 잡아주고 함께 운동장을 돌았다. 효정은 그 아이들이 싫었다. 한심하고 고루해 도무지 상종할 수가 없었다. 자신은 그런 온실 속 화초가 아니라고 생각했다.

2학년이 끝날 무렵에는 표창장을 받았다. 흔한 교내 선행상이 아니었다. 나문의 높으신 분들이 주는 거라고들 했다. 효정은 단상에 올라가 전교생 앞에서 상을 받았다. 담임은 효정의 생활기록부에 썼다. 이타심이 강하고 솔선수범함.

지양이 내뱉었던 몇몇 남자 어른의 이름들은 당연한 듯 휘발되었다.

3학년이 되었다. 지양과 효정은 또다시 같은 반이 되었으나 전혀 친밀하게 지내지 않았다. 그 모든 것이 자신의 잘못은 아니라고 효정은 생각했다. 효정은 지양과 여전히 친하게 지낼 의사가 있었다. 지양이 다가오기만 한다면.

그래, 지양이 문제였다. 3월 내내 겉돌다가 4월부턴 학교에 거의 출석하지 않았다. 효정은 궁금했다. 지양은 교환 일기에 자신의 집이 얼마나 끔찍한지, 얼마나 탈출하고 싶은지 세세하게 적곤 했는데 학교조차 오지 않으면 그 아이는 그 끔찍한 집에 있는 걸까. 아빠가 오후 다섯 시나 되어야 출근하니 낮에는 내내 함께 있어야 할 텐데, 그걸 견딜 수 있을까. 그러나 효정은 공부를 하느라 자주 그 생각을 잊었다.

지양은 수능 백 일 전에 학교에 왔다. 교문 안으로 직접 들어오는 대신 효정을 불러냈다. 교칙에 따라 매일 아침마다 핸드폰을 제출했기에 개인적인 연락을 받을 방도가 효정에겐 없었으나, 놀랍게도 지양은 교무실로 뚜벅뚜벅 걸어가 담임에게 효정을 불러달라고 요청했던 것이다. 담임은 직전 학기에 열흘도 출석하지 않은 '문제아', 어차피 졸업하지 못할 아이의 말에 순순히 응했다. 다만 반드시 교문 밖에서만 머문다는 치졸한 조건을 걸었다.

"잘 보라고, 수능. 집 꼭 탈출하라고."

지양이 초콜릿을 건넸고 효정은 고개만 주억거렸다.

"너 서울 가면 내가 꼭 가출해서 너한테 신세 질게. 받아줘라."

효정은 어엉, 하고 애매한 발음으로 대답했다. 그러곤 물었다. 너는 요새 괜찮아? 집에 아빠랑 있으면 힘들잖아.

"아아, 아니. 나 학원 다녀. 얘기 안 했나."

지양이 여상히 말했다.

"실용음악 학원."

"어?"

"학교에서 가르치는 거 다 나한텐 필요 없고, 죽은 공부라고 생각해서. 의미 없어졌어. 시간 아까워. 지금은 작곡이랑 보컬 배워. 악기로는 좀 늦었다고 하는데, 그 두 가지는 비벼볼 만하대. 검정고시 본 다음 대학 갈 거야. 아마 일 년 정도 더 걸릴 텐데 재수한다 치지, 뭐."

효정은 멍하니 지양을 보았다. 지양이 빙긋 웃으며 공책을 내밀었다.

"그리고 이거, 너 가져. 그거 알아? 반 애들이 이걸 다 읽어봤었대, 우리 몰래. 우리가 일기 쓰고 나서 교환할 때마다 서랍 속에 넣어놨잖아. 그럼 걔네들이 몰래 꺼내 읽고, 존나 재수 없는 애들이라고 욕했대. 난 이제야 알았어. 넌 알고 있었어?"

그럴 리가 없었다. 효정은 일기장을 받지 않았다.

"어쨌든, 수능 잘 봐. 너 먼저 대학 가서 미리 밴드 하고 있어. 나도 얼른 전공생 돼서 쫓아갈 테니까."

네가 무슨 돈으로 그 학원을 다녀? 효정은 묻고 싶었다. 네가 일기에 직접 썼잖아, 네 아버지는 너에게 아무런 노력을 하지 않는다고. 돈을 그렇게 버는데도 딸이 뭘 하고 싶어 하는지 관심이 없고, 죽은 엄마의 옷이 있는데 왜 새 옷을 사야 하는지 이해하지 못하고, 참고서 살 돈을 달라고 하면 어차피 나 닮아 멍청한데 왜 쓸데없는 노력을 하냐고 핀잔을 놓고, 세상의 아름다운 것들에 대해, 글과 음악과 영화 따위에 대해 말하며 눈물지으면 어차피 뒤로는 다 똑같은 짓을 한다고 응수하고, 돈 되는 거나 하라고 욕하고, 엄마의 기일도 챙기지 않고, 네가 견디는 일상이나

168

매일 하는 생각, 하루에 몇 번이나 죽고 싶다는 마음을 품는 것에 대해서도 전혀 관심이 없다고 했잖아.

그런데 어떻게 네가 그런 학원을 다녀? 어떻게 감히 나보다 먼저?

그러나 효정이 간신히 뱉을 수 있는 건 이 정도였다.

"학원, 비쌀 텐데……."

지양은 웃으며 대답했다.

"장학금 받고 다녀."

"……어떻게?"

"나도 잘 몰라. 2학년 때 사고 치고 며칠 지나서였나. 그 학원에서 갑자기 연락이 온 거야. 장학금 줄 테니까 다니라고. 대신 장학금 받는 조건이, 학교 신경 쓰지 말고 학원에 올인하라는 거였어. 그리고 아빠 가게 손님들 이름, 다시는 어디서 떠들어대지 말라고. 나야 좋지, 뭐. 어차피 학교에서 쫓겨날 줄 알았는데. 사실 좀 의심스럽긴 해. 아빠 가게에 다니던 선생들이 돈이라도 모아줬나? 그냥 가게에 안 오면 되는 건데. 그건 못 하겠나 봐."

지양은 평소와 똑같은 듯했다. 행복해 보이지 않았고 외양이 나아진 것도 아니었다. 그때 효정에게 빌려주었던 옷, 미안하지만 생리혈 얼룩이 지워지지 않아서 돌려줄 수 없게 되었다며 효정이 지양에게 거짓말로 사과했던 그 옷과 똑같은 로고가 가슴팍에 수놓아진 옷을 입고 있어 나이가 훨씬 들어 보였다.

거짓말일 거야. 효정은 생각했다. 자기 처지를 숨기려 거짓말을 하는 게 분명해. 그러지 않고서야 그런 행운이 왔을 리가 없어. 잘못한 애에게 상을 주면 안 되잖아. 그래 서는 안 되는 거잖아.

효정은 때를 생각했다. 지양이 자신을 공연장에 버리고 먼저 간다고 일어섰던 날. 실은 지양이 집에 가지 않고 남 아 있었던 날. 지하 2층이 지양의 아버지가 하는 업장이었 다는 걸 효정은 전혀 몰랐다. 그걸 숨긴 것에는 분명 의뭉 스런 이유가 있을 것이라고 생각했다. 그리고 하필 효정의 아버지가 그 자리에서 추태를 부렸던 것도, 그 꼴을 목격 했다는 사실을 자신의 딸에게 들키게 된 것도 의도적이라 고 생각했다. 효정은 아버지를 모른 척했지만, 지양의 아 버지가 지양을 타박해 자리를 뜨게끔 만들고 나서야 울음 을 터뜨리며 아버지의 등을 마구 때렸지만, 지양이 알고 있을 수도 있다고 생각했다. 아니, 아예 처음부터 알고서 자신을 함정에 빠뜨린 것은 아닐까 상상하기도 했었다.

그런데 그날 내가 없었다면 정말 큰일이 났을 게 아닌 가? 효정은 자문했다. 내가 교실에서 지양을 말리지 않았 더라면 모두에게 불행한 일들이 벌어졌을 텐데. 더 많은 이름이 누설되고, 지금처럼 일을 흐지부지 마무리 짓기는 어려웠을 것이었다. 지양의 아버지는 딸 덕에 손님들을 잃었을 것이고, 학교 선생들은 쪽이 팔리고, 지양은 자신이 무기로 쓸 수 있는 정보들을 모두 헐값에 풀어놓아 버렸을 거였다.

그런데 지양은 왜 또, 내가 차마 닿지 못할 곳으로 멀리 도망쳐버리는 걸까. 가슴이 터질 것 같았다.

"얼른 꺼내 봐, 초콜릿. 사실 나도 안 먹어봐서 궁금하단 말이야. 이거 사 오느라 시외버스 한 시간 탔다, 나."

효정은 상자를 열어 초콜릿을 꺼내다가 일부러 균형을 잃고, 그만 그대로 아스팔트 위로 넘어졌다. 겉에 고운 가루가 묻은 초콜릿이 바닥을 굴러다녔다. 지양이 외마디 비명을 지르며 엎어진 효정의 옆으로 몸을 수그렸다. 효정의 무릎과 팔꿈치가 온통 만신창이가 되었고 앞니의 절반이 부러졌다. 효정이 크게 울음을 터뜨렸다. 급식을 먹은 후 삼삼오오 운동장을 돌던 아이들이 소란을 듣고 몰려들었다. 그리고 아주 다정한 친구처럼 효정을 부축해 양호실로 데려갔다.

볕이 아주 뜨거운 날이었다. 눈물에 햇빛이 마구 반사되어 지양이 마지막으로 어떤 표정을 지었는지 제대로 보지 못했다.

현기증 때문에 쓰러졌다는 효정의 설명에 부모는 대단히 걱정하며 보약을 지어주었다. 야자를 하루 빼고 치과에 가서 부러진 앞니 자리에 인공 치아를 심었다. 콤플렉스

하나가 사라졌다. 아주 환히 웃을 수 있게 되었다. 효정은 치아가 다 드러나게 미소를 지으며 수능 사진을 찍었다. 이가 보이게 사진을 찍은 것은 여섯 살 이후 처음이었다.

그 뒤 내내 이어진 수술과 시술의 시작이었다. 콤플렉스를 끊어낼수록 원하고 바라던 모습으로 나아가기가 쉬워졌다. 효정은, 그게 나쁘지 않았다.

공책의 행방은 알 수 없었다. 자신이 받아든 기억 역시 없었으니까. 그저 어딘가의 쓰레기통에 들어가 소각되기를 바랐다.

11

지양이 엄마를 협박했을 거라고 호림은 짐작했다. 친구의 아버지가 단란 주점 화장실에서 구정물을 온몸에 묻힌 채 뒹굴었던 사람이라는 사실을 폭로하겠다고 엄마를 몰아세웠을 거라고. 어떻게 엄마에게 긴밀히 연락을 했을까? 뭐, 어떻게든 방법이 있었을 거였다. 하다못해 엄마가 원장으로 있던 유치원에 투서를 넣었을 수도 있겠지. 어쨌거나 엄마는 협박하기 꽤 좋은 상대였다. 잃을 건 많고, 지양 자신에게 불이익을 주기는 힘든.

"걔를 실용음악 학원에 보낸 게 엄마야?"

"너희 아빠가 그때 교장 되어야 했는데, 그럼 어떡하니?"

"우리 학교 선생들은 아무도 대응 안 했어. 그래도 잘 넘어갔잖아? 심지어 회식까지 공짜로 하면서 넘어갔다고!"

"그것도 솔직히 내 덕분이지. 내가 총대 메고 막은 거라고. 너는 네가 괜히 표창장을 받은 줄 알아?"

"그놈의 표창장, 하등 쓸모도 없는 거."

"대학 면접 때 교수가 그 표창장 얘기 물어봤다고 신나서 떠든 건 다 잊어버렸나 보지? 그리고 대학은 네 돈으로 다녔니? 네 아버지 돈으로 다녔어. 내가 그때 그렇게 노력 안 했으면 우리 집 풍비박산 났다고. 가만 보면 넌 항상 네가 혼자 큰 줄 알더라?"

호림은 입을 다물었다. 안방 문틈 사이로 아버지가 코 고는 소리가 들렸다. 헛웃음이 나왔다. 그렇게 발버둥쳐 봤자 결국엔 초라한 할아버지랑 백수 딸이라니. 너무나 허무한 결말이 아닌가 싶었다.

엄마가 휘청휘청 찬장으로 걸어가 문을 열고 깊숙이 놓인 양주 병을 꺼내왔다. 꽃잎 무늬가 새겨진 오래된 주스 잔에 술을 콸콸 따르더니 미지근할 게 분명한 양주를 그대로 벌컥벌컥 마셨다. 놀란 호림이 엄마를 보았다. 엄마는 코를 킁, 하고 들이마셨다.

"네 아버지한테도 비밀이었어."

엄마가 목 멘 소리로 말했다.

"허튼 데 돈 쓴다고 혼낼까 봐 말 안 했어."

"그렇게 속 태우면서 돈 써놨는데 지금 파리호프에서 서빙을 하고 있네, 걔는."

"솔직히 말하면 안타까운 마음도 컸어. 엄마는 죽었지, 아버지는 양아치지, 나 같아도 학교에서 난리 부리고 싶었을 거 같았고, 그러니까 잘 대해줘서 번듯한 사회 구성원으로 만들자, 그런 생각도 있었는데. 내가 바보였지. 실패했지."

평상시의 호림이었다면 대체 번듯한 사회 구성원이 뭔데? 하고 되물었을 거였다. 그러나 쉴 새 없이 몰아치는 정보들 탓에 정신이 없었다. 그래서 다시 물었다.

"그래, 학원도 보냈다면서. 그런데 왜 파리호프에서 서빙을 하고 있냐고. 걔 잘 안 됐어? 대학 못 갔어?"

돌아온 대답은 이랬다.

"재수까지 시켰는데 어디서 배를 불려와서는 뒤뚱거리며 돌아다니더라. 하긴, 그 피가 어디 가겠니. 차라리 아예 어딜 가버리지, 안 보이게. 내가 네 아버지 정년 퇴임할 때까지 걔 때문에 얼마나 속을 썩였는지 아니? 스트레스를 너무 받아서 정수리가 휑했어. 너는 알지도 못하지? 너 서울로 대학 가서 노는 데 정신 빠져서 집에 일 년에 한 번 내려올까 말까 하던 때야."

"지금은?"

"지금은 저렇게 뒷방 늙은이가 되었으니 안심이지. 저 노인네가 예전에 룸살롱을 다녔든 말든 누가 상관하겠니? 그런데 나는 개 꼴만 보면 너무 화가 나. 너무 복수하고 싶어 미치겠어. 그래서 네 연애 얘기도 꺼낸 거야. 내가 진짜 노망이라도 났는지 내 딸이라도 팔아서 이기고 싶어, 그 어린애한테."

호림은 가장 중요한 질문을 잊고 있었다는 사실을 비로소 깨닫고 물었다.

"엄마는 아빠가 룸살롱 다니는 걸 애초부터 알고 있었어?"

엄마가 대답했다.

"얘, 엄마는 나문에서 모르는 게 없다니까."

성연과 이야기를 나누기로 했다. 성연이 혼란스러워하거나 돌발 행동을 할까 두려운 마음에, 영근에게 도움을 청했다. 영근은 자신의 차를 끌고 102동 앞까지 와 주었다. 성연에게 소외감을 느끼게 하고 싶지 않아서 호림은 일부러 성연을 조수석에 태우고 자신은 뒷자리에 앉았다. 차는 나문 외곽의 호수로 향했다. 호수에는 뷰가 멋진 카페가 많았다. 차가 없으면 올 수 없는 곳들이었다. 주차장이 온갖 로고로 가득한 곳들. 호림은 그것들을 보며 문득 자신의 벤츠를 그리워했다.

여기가 선곡이 좋아. 추천곡도 틀어줘. 영근이 성연에게 설명했고 성연은 냅킨에 몇 개의 곡명을 신중히 적었다. 그것을 보며 호림은 다시금 생각했다. 성연이 어떻게 자신의 아이가 아닐 수 있는지에 대해서. 지금 이 순간은 완벽한 가족적 장면이었다. 모두가 서로를 이해하고, 모두가 서로와 닮고 또 그리하여 모두가 서로를 소중히 여길 수밖에 없는. 부유하지는 않지만 소탈하게 작은 서점을 운영하는 아버지와, 경우라고는 모르는 몽매하고 천박한 타인에게서 상처받았으나 같이 머리끄덩이를 잡는 대신 조용한 동네로 넘어와 다시금 사랑을 무럭무럭 키우고 있는 어머니와, 그들이 낳지 않았으나 그리하여 오히려 이성적인 애정을 줄 수 있는 어린 딸. 그야말로 현대의 선진화된 대안 가족. 호림은 스스로 떠올린 네 글자에 만족했고 그들에게 당연히 음해 세력이 있을 거라 확신했으며 이제 그걸 해결할 차례였다.

먼저 영근이 운을 떼주었다.

"그, 쌤이 말씀하시더라고. 너한테 이상한 디엠을 보내는 사람이 있다고."

"아, 걔."

성연이 어깨를 으쓱했다. 아무렇지 않아 보이는 척하는 것 같았다.

"까봤더니 저랑 동갑이래요."

동갑. 하준이 분명했다.

"나도 쌤한테 자초지종 다 들었는데, 잘 대해줬더니 호의를 이성간의 시그널로 착각해서 집착하는 애였더라고. 그런 남자아이들 많잖아. 성연이 너도 알잖아."

"내 나이대 찌질이들이 다 그렇죠, 뭐."

성연이 아무렇지 않은 듯 말하자 오히려 당황한 쪽은 호림이었다. 분명 자신과 대화할 땐 그렇게 상처받은 것처럼 굴었으면서 왜 영근 앞에서는 담담한 척 진심을 포장할까? 이런 식이라면 영근이 되려 호림을 오해할 수도 있었다. 호림이 급하게 입을 열었다. 그 왜, 네가 나한테 전화해서 걔가 한 말들 똑같이 전했잖아, 그거 듣고 너무 놀랐어, 난 그 남자애가 그렇게까지 나를 미워하고 있는 줄은 정말 몰랐어, 라고 주워섬겼다.

성연은 호림의 말에는 대답하지 않았다. 가만히, 유리컵에 맺힌 물방울이 무거워져 줄줄 자국을 내며 흐르는 표면을 만지고 있었다. 영근이 조금씩 조바심을 내는 것이 느껴졌다. 본인 잘못은 하나도 없는데 이런 자리에 와 앉아 있어야 하는 상황이 불편할 게 당연했다. 분위기를 환기하려면 어떤 말을 해야 할까. 호림이 속으로 문장을 미친 듯 나열하고 고르는 동안 성연은 냅킨을 갈기갈기 찢었다. 그러더니 문득 생각난 듯 갑자기 호림의 손목을 움켜쥐고서 물었다.

"근데, 쌤, 걔가 문제예요, 아니면 걔 부모가 문제예요?"

예상하지 못한 질문이었다. 급하게 영근 쪽으로 눈길을 보내자 영근이 냉큼 받아서는 조곤조곤 대답했다.

"일단은 부모가 문제일 테지만 점점 닮게 되는 게 아닐까? 원래 사람이 악의를 품으면 그래. 자기가 평소에 생각하던 신념이나 바라던 이미지와는 상관없는 길을 가게 돼. 그러는 자신이 미워 죽겠는데 어쩔 수가 없어. 그렇게 되지 않으려면 뇌에 힘 꽉 줘야 되지."

"그럼 걔가 말했던 것처럼 내가 상처받을 일은 없다는 거죠?"

"당연히 없지."

호림이 바로 대답했다. 한숨을 쉬던 성연은 팔을 테이블에 괴고 얼굴을 묻었다. 얼마나 당황했을까. 호림은 성연의 뒤통수를 쓰다듬었다. 납작한 호림의 것과는 달리 아주 동그란, 짱구 같은 뒤통수. 어쩜 이렇게 예쁘니, 나는 정말 평생 뒤통수를 그렇게도 성형수술 하고 싶었다? 호림이 말하자 성연이 피식 웃는 소리를 냈다. 호림과 영근은 서로 눈빛을 주고받았다. 이렇게 쉽게 풀릴 거였나, 싶기도 했으나 어쨌든 몹시 다행이었다. 그때까지는 그렇게 생각했다.

셋은 케이크와 빵을 잔뜩 주문해 나눠 먹었다. 음료는 서로 다른 걸 시켰으나 모두가 남의 것을 궁금해했다. 나는 괜찮은데, 너도 괜찮으면 마셔봐. 호림이 자신의 침이 묻은 빨대가 꽂힌 음료를 성연에게 내밀었다. 성연이 반색을 하며 쭉 들이켜더니 자신의 음료도 내밀었다. 둘은 그렇게 침을 섞고서 동시에 영근을 보았다. 영근이 눈을 껌벅거리며 자기 컵을 두 손에 고이 잡고 팔을 쭉 폈다.

"담배 냄새 날 텐데. 그래도 괜찮다면."

영근의 말에 성연이 먼저 달려들었고 모두가 웃음을 터뜨렸다.

이 순간, 이 관계는 얼마나 남다른가. 그리하여 나는 얼마나 행복한가.

호림은 그러나 가장 크게 웃는 사람이 되지 않기 위해 유의했다.

해가 지고 있었다. 통창이 온통 주황빛으로 물들었다. 그 앞에서 사람들이 연신 사진을 찍어댔다. 호림은 감탄했다. 단지에서 차로 겨우 십 분을 달려 나왔을 뿐인데 이런 광경이라니. 그냥 여기서 평생 살고 싶었다. 연인도 있고, 딸도 있고. 노을 맛집이라더니 진짜네, 하고 영근이 몸을 쭉 펴며 중얼거리다가 어어, 레페리어 노래가 나오네, 하고 말을 이었다. 그랬다. 정말로 그 밴드의 곡이 나오고 있었다. 싱글이나 타이틀도 아닌 첫 번째 EP의 가장 마지막에 있는 십오 분짜리 곡. 사이키델릭한 전주와 보컬이 흐느끼는 구간, 그리고 보컬을 제외한 모든 세션이 미친 것처럼 날뛰는 구간이 오 분씩 있는 곡이었다. 셋 중 누구도 이 곡을 신청하지 않았다는 사실을 알았기에 모두가 신기해했다. 누구지, 이렇게 대단한 취향을 가지신 분이? 영근이 능청스럽게 말하며 주위를 둘러보는 시늉을 했다. 기분이 갑자기 고양된 호림은 그래, 맞아, 그렇게 대단하신 분을 찾아야겠어, 라고 거들며 벌떡 일어나기까지 했다.

그리고 멀리서 자신을 향해 걸어오는 얼굴을 마주했다.

지양이었다. 그런데 혼자가 아니었다.

*

대학교 1학년 여름방학, 효정은 호림으로 이름을 개명했다. 목표하던 대학에 떡하니 붙었다는 이유로 성형수술비를 내준 부모가 개명까지 적극 도왔다. 그들에게 고마웠으나 방학이 되어도 본가에 내려가지는 않았다. 대학 생활이 너무 재미있었다. 과는 정원 서른 명 정도로 큰 규모는 아니었고 여자 동기들은 여덟 명이었는데 그중 호림만큼 쾌활하거나 남자 동기들과 친한 아이는 없었다. 호림을 제외한 여자 동기들은 모두 조용했다. 호림은 매일 같이 남자 동기들과 몰려다니며 밥을 먹고 카페에 가고 노래방과 술집을 들락거렸다. 남자 친구도 일찌감치 사귀었다. 승환이었다. 나중에 승환은 그 당시를 일컬어 '눈치 게임'이었다고 말한 바 있었다. 너한테 누가 가장 먼저 고백하느냐, 그걸 다들 재고 있었어.

호림을 두고 몇 명이서 우스운 각축전을 벌이는 듯했으나 승환이 승자가 된 이유는 간단했다. 가장 저자세였기 때문에. 호림에게 모든 걸 맞춰주었기 때문에. 승환은 호림이 요구하는 종류의 남자가 되기 위해 안간힘을 쓰는 것처럼 보였다. 호림이 골라주는 옷을 입고, 호림이 시키는 대로 머리를 자르고, 무엇보다 호림이 좋아하는 음악의 계보와 밴드의 앨범과 수록곡의 제목 들을 차례차례 외웠다. 그게 호림을 만족스럽게 했다. 절대 나를 이길 수 없는 애, 절대 나를 버릴 수 없는 애. 호림은 그렇게 확신했다. 자기 사람에게 호림이 요구하는 가장 큰 미덕이었다.

1학년 2학기가 시작되던 9월 첫 주에는 과 일일 호프가 있었다. 호림은 서빙을 맡았고 승환은 주방에서 전을 부쳤다. 초대한 친구들과 앉아 술을 마시는 시간이 더 길었기에 서빙을 맡은 모두가 잔뜩 취해 있었다. 승환의 고등학교 동창들은 호림을 보고 제발 우리 승환이 버리지 말아달라, 끝까지 거둬달라 아우성이었다. 호림은 그들이 주는 대로 술을 받아 마셨다. 그러면서도 가장 부지런하게 테이블을 오가며 서빙을 반복했다. 몹시 신이 났다. 볼이 벌게져 화끈거리는 게 느껴질 정도였다.

그때 카운터에서 누군가 호림을 불렀다. 호림아, 네 친구라는데?

지양이 거기 서 있었다.

"나랑 안 놀아줘도 돼. 진짜야. 나 그냥 서울 온 김에 얼굴이나 볼까 하고 온 거야. 네 싸이월드 다이어리에 일일 호프 홍보하는 거 봤거든."

"잘 데는 있어?"

"괜찮아, 아무 데서나 자면 되지. 진짜야. 여기 근처에 모텔도 많더라."

호림은 초콜릿을 받은 그날 이후 지양을 본 적이 없었다. 지양은 결국 자퇴했으니까. 어차피 하루 종일 공부만 했기에 급식 시간을 제외한다면 친구가 없어도 딱히 문제되지 않았다. 하지만 졸업식 때는 같이 사진 찍을 사람이 아무도 없는 꼴을 부모에게 보일 수밖에 없었다. 그래서 호림은 일부러 교사들을 쫓아다니며 사진을 찍었고, 엄마와 내내 팔짱을 끼었다. 대단한 모범생인 것처럼, 친구도 버리고 엄마를 챙기는 효녀인 것처럼.

그런데 왜 갑자기 여기에 나타난 걸까. 호림은 주변을 의식하며 지양을 챙겼다. 친구가 왔는데 냉대하는 사람처럼 보이고 싶지는 않았다.

승환의 동창들이 이쪽을 힐끔대는 것이 느껴졌다. 그래, 그냥 저 무리에 던져버릴까. 동행도 없이 혼자 나타난 지양에게 매여 있기는 싫었다. 그래서 지양의 손목을 잡고 그 테이블로 향했다. 모두가 환호성을 질렀다. 호림은 지양을 그들 사이에 앉혔다.

그러고는 무슨 일이 있었던가. 의식적으로 그곳을 보지 않고 계속 서빙만 열심히 했다. 테이블 사이를 바삐 누빌수록 남자들의 시선이 제게 내려앉았다. 처음 보는 이든, 승환이 낚아채기 전 자신에게 은근슬쩍 작업을 걸던 과 선배들이든. 서로 다른 곳에서 오는 눈빛들이 누적될수록 호림은 즐거웠다. 이름을 묻는 이가 몇 있었고 누군가는 번호를 얻으려 시도하기도 했다.

마감할 즈음이 되자 사방이 엉망진창이었다. 서버가 전을 부치다 다 찢는가 하면 조리 담당들은 자신이 토한, 마치 전의 반죽처럼 보이는 둥그런 자국들 위에서 중심을 못 잡고 뒹굴었다. 모두들 하염없이 낄낄거렸고 호림에게 대놓고 추근거리는 이들도 있었다. 재고 따지다 승환에게 호림을 뺏겼다고 여기며 아쉬워하는 남자들이었다. 그저 자신들이 타이밍을 잘못 잡았을 뿐이라고 착각하는. 언제든 호림이 승환의 연못에서 벗어나 자신의 물고기가 될 수 있으므로 요상한 긴장감을 잃지 않겠다고 생각하는 남자들. 걔들은 아무것도 모른다고 호림은 생각했다. 노래방에서 알앤비를 부르고 블록버스터 영화를 보러 가는 애들은, 정말이지 자신에 대해 아무것도 모른다고. 왜 승환을 선택했는지 평생 알지 못할 것이 우습다고. 승환은 배우고 싶어 했다. 자신을 호림에게 맞추고 싶어 했다. 아무리 어려운 것이라도, 아무리 이해하지 못할 것이라도.

승환은 노력을 했다. 노력하는 이에겐 좋은 결과가 있어야 했다. 호림의 지금 삶이 행복하듯 그렇게.

물론 호림은 은근한 인기를 저버릴 생각 따윈 전혀 없었다. 다들 착각하고 있는 게 즐거웠다. 자신이 대단한 인물이 된 기분이었으니까.

"야, 뭐야, 임승환 이 새끼 어디 갔어? 이호림 너 왜 혼자 일해, 씨발."

마침내 마감 시간이 지나고, 술에 취해 널브러진 시체들을 치우는데 비틀거리던 남자 선배 하나가 호림의 손목을 잡으며 중얼거렸다. 호림은 싱긋 미소를 지었다. 자신에게 내내 관심을 보이던 선배로 제법 친해 말도 놓은 지 오래였다.

"아까 전 부치다 말고, 친구들 2차 갈 장소 안내한다고 따라갔는데. 지금은 모르겠어."

"개새끼가 진짜, 미쳤네. 여친 안 챙기나?"

"뭐야, 내가 뭐 걔한테 구속이라도 당해야 되나?"

핀잔을 놓자 선배가 꿍얼거렸다. 호림의 손목을 놓지 않은 채였다. 아직 술에 완전히 절여지지 않은 조금 멀쩡한 이들이 치우던 시늉마저 완전히 그만두고 가장 덜 지저분한 테이블에 다시 앉았다. 선배가 호림을 안쪽에 앉혔다. 우리까지 술을 마시면, 청소는? 호림이 묻자 선배는 말했다. 원래 대관료에 청소비 같은 건 다 포함되어 있는 거라고, 다 알면서 빌려주는 거라고.

"막판에 남은 애들끼리 하는 뒤풀이가 엑기스거든. 아무나 못 하는 거지."

선배는 말했다. '아무나 못 하는 거'란 표현을 호림이 그렇게 좋아하는 줄은 어떻게 알고 그랬는지.

그날의 새벽 해가 뜨기 직전 결국 만취하여, 어둑한 골목 끝에서 서로의 입술을 물고 빨았다는 사실을 선배도 호림도 발설하지 않았다. 아니, 그 선배는 여기저기 떠벌리고 싶었을지도 몰랐다. 그러나 선배가 그러고도 승환의 자리를 탈환하지 못했다는 사실, 보잘것없는 남자아이에게 끝내 패배했다는 사실이 선배의 입을 틀어막았을 거라는 걸 호림은 잘 알았다.

무엇보다 승환이 그 사고를 알게 되더라도 자신을 떠나지 않을 거라 확신했다.

그래, 그건 사고였다. 마치 가만히 길을 건너던 자신을 어디선가 튀어나온 자전거가 들이받은 것 같은 작은 사고.

물론 자신도 자전거를 피하기에는 조금 굼떴으나, 순간적인 판단 실수였고 몸의 방향을 틀기도 전에 자전거가 너무 빠르게 달려들었을 뿐이라고 생각했다. 게다가 겨우 작은 멍 두어 개만 생겼기 때문에 운전자와 원만히 서로의 안위를 확인하고 헤어진 그런 해프닝일 뿐이었다.

호림은 어떤 과정을 통해 그와 입술을 부딪게 되었는지 전혀 기억하지 못했다. 술 때문이었으니까.

선배와 입술을 붙인 채 낄낄거리고 웃다가, 벌써 새벽 여섯 시야, 하는 선배의 말에 호림은 갑자기 찬물을 끼얹은 것처럼 정신이 번쩍 들며 궁금해졌다.

그런데, 지양은 어디에 갔지?

승환의 동창들 사이에 던져놓은 후 의식적으로 계속 바쁜 척을 했다. 승환이 동창들을 데리고 나갈 땐 승환과 잠시 손을 잡긴 했었다. 그랬는데…… 그랬는데, 지양의 얼굴을 보았는지는 기억나지 않았다.

그제야 걱정이 되었다. 아, 걔 서울에 연고 하나 없는 앤데. 대체 어디 갔지. 급히 주머니를 뒤져 핸드폰을 찾아보았으나 술에 취해 어디에 떨어뜨렸는지 아무리 휘저어도 잡히는 게 없었다. 새벽 여섯 시. 이제 막 버스와 지하철이 다닐 시점이었다. 승환이 일일 호프에서 자리를 뜬 것은 새벽 한 시경이었고 마감은 세 시. 그사이 나는 분명히 눈코 뜰 새 없이 바빴어, 호림은 그렇게 합리화했다. 그리고 세 시부터 지금까지는 기억이 없으며, 핸드폰까지 어딘가에 떨어뜨려 잃어버린 상태다, 그러니까…….

일단 나는 잘못한 것이 없다…….

깜박, 다시 기억이 끊겼다가 눈을 떠보니 자취방 안이었다. 호림은 화들짝 놀라 벌떡 일어났다. 다행히 옷은 그대로 입고 있었고 주변엔 아무도 없었다. 밖에서 학교 종소리가 났다. 그래, 엄마 아빠가 치안이 중요하다며 주변에 커다란 학교와 파출소가 있는 방을 구해주었었지. 호림은 비틀거리며 일어났다. 물을 마시고, 똥을 싸고, 핸드폰을 찾아보았으나 여전히 없었다.

아직 몸에서는 술 냄새가 풀풀 났다. 휘청이며 샤워를 하고 화장을 했다. 그러고는 파출소로 향했다. 경찰들이 물끄러미 호림을 바라보았다. 친구를 잃어버렸어요. 호림이 말하자 뭐요? 하고 가장 어려 보이는 경찰이 되물었다. 호림은 다르게 대답했다.

핸드폰을 잃어버렸어요, 하고.

경찰이 건넨 전화기로 전화를 걸자 대관했던 술집의 사장이 받았다. 호림은 그럴 줄 알았다는 표정을 짓는 경찰을 뒤로하고 도망쳐 술집으로 갔다. 술집 사장이 호림에게 물었다. 어제 손님이었어요? 아님 주최?

"손님이요."

호림이 말하자 사장이 한숨을 푹 쉬더니 핸드폰을 내밀며 종업원을 향해 소리쳤다. 이제 그 새끼들 받지 말라고. 정도가 있지, 이렇게 하나도 안 치우고 가는 과는 처음이라고.

"그런 새끼들을 대학생이라고, 씨발. 경우도 없는 새끼들."

호림은 바삐 걸어 술집을 나왔다. 아침부터 승환의 부재중 통화가 다섯 건 있었다. 지양에게서 온 건 없었다. 승환에게 전화를 걸었더니 걱정돼 죽어버릴 뻔했다고 칭얼대는 목소리가 응수했다. 그러고서는 묻지도 않은 걸 먼저 보고했다. 네 친구는 택시 태워 잘 들여보냈다고.

"어디로? 걔가 서울에 아는 사람이 있나?"

호림의 물음에 승환은 대답했다.

"친구가 있다는데? 나도 더 자세히는 못 물어봤지. 근데 멀쩡했었어. 하나도 안 취했어. 내가 택시 번호도 적어놨는걸. 이따 저녁쯤 연락해봐. 지금은 자고 있을 수도 있으니까."

호림은 지양에게 다시 연락하지 않았다.

12

"쌤, 오랜만이에요."

하준이 말했다. 호림은 대답할 방도를 도저히 찾지 못했다. 대신 지양을 보면서 물었다. 대체 이게 무슨 일이니?

"내 딸 핸드폰 좀 뒤졌어."

지양이 말하자 성연이 벌떡 일어서서는 자신의 잔을 손에 들었다. 당장이라도 얼굴에 쏟아붓고 싶어 하는 것처럼. 그러나 차마 그러지는 못하고, 손을 부들부들 떨며 소리쳤다.

"씨발, 당신은 엄마도 아니야."

지양은 화가 나기보다는 조금 서글퍼 보였다.

"누가 보면 정말로 저쪽이 엄마인 줄 알겠어."

"당신보다는 훨씬 나아. 나도 차라리 그랬으면 좋겠다고."

"아빠겠지."

뭐? 호림이 되물었다. 영근이 자리에서 일어나더니 어색하게 말했다. 저어, 사람들이 보고 있는데 여기서 이러지 말고 일단 나가자, 여기 영업장이야.

성연이 눈물을 왈칵 터뜨렸고 호림은 기가 막혀서 하준을 바라보았다. 대체 어떻게 부모의 단속을 뚫고 분당에서 나문까지 올 수 있었을까? 어쩌면 그 부모가 파놓은 함정일지도 몰랐다. 정신을 바짝 차려야 한다고 생각하며 호림은 이를 갈았다.

영근이 가장 먼저 몸을 돌려 카페를 천천히 나갔다. 성연의 후드 옷깃을 가볍게 잡은 채였다. 호림이 뒤를 따랐다. 넓은 카페를 오래 걸어 나가는 동안 사람들이 이쪽을 힐끔거렸다. 괜찮아. 호림은 생각했다. 다들 날 알아보지 못해. 어차피 구설수에 오르는 건 내가 아니라 박지양이야.

주차장에 나와서는 하준에게 다가갔다. 상냥하게. 호림은 스스로를 타일렀다. 최대한 상냥하게. 절대로 자극하지 말아야 해.

"하준아, 레퍼리어 노래 네가 신청했지?"

성연보다도 키가 반 뼘은 더 작은 하준은 마지막으로 봤을 때보다 훨씬 말라 있었다.

"그 노래를 누가 신청하겠어, 너 말고."

"맞아요."

처음 문제가 생겼을 때 호림은 착각했었다. 하준이 진심과 진실을 알고 있으므로 교육자로서의 애정을 호소하면 된다고 생각했다. 그러면 난관을 통과할 수 있을 거라고. 그러나 하준은 호림이 어떻게 되든 신경 쓰지 않았다. 자신이 특별하기만 하면 되는 아이였다. 문제는, 호림만이 자신을 그렇게 대하는 사람이라는 것이었다. 교육자로서의 사명감은 다수를 향한 감정이므로 호림은, 그날 사건의 대상이 하준이어여야만 했던 이유를 밝혀야 했다.

그게 모순이었다. 그 이유를 밝힐수록 둘의 사이는 오해받았으니까. 각자가 갈구했던 건 남다른 자신이었을 뿐 서로에 대한 배려는 애당초 없었다.

"여기까지 어떻게 왔어? 좀 있으면 시외버스도 끊기는데."

"재워주기로 하셨어요. 호프집에서."

파리호프를 말하는 것일 터였다.

"엄마도 아셔?"

"그럼 제가 올 수 있었겠어요?"

"하준아, 제발. 엄마가 아시면 또 복잡해지잖아. 쌤 정말 힘들어. 얼른 집으로 돌아가면 안 될까? 쌤이 연락할게, 바로. 얘기 더 하고 싶으면 쌤이 분당으로 갈게. 그러니까 오늘은 그만 집에 가자. 늦었어, 모르는 사람 믿고 이렇게 먼 데까지 함부로 오면 안 돼. 너, 나중에 무조건 후회해. 하준아, 쌤 말 믿어."

"쌤."

하준이 미소를 지었다.

"모르는 사람 함부로 재워주는 거, 그거 쌤이 가장 잘하시는 일이면서 왜 그래요."

"그거야 나는 네 선생이니까, 절대 다른 꿍꿍이 같은 건 생각할 수 없는 사람이니까. 그리고 우리 사이에는 이미 쌓아온 신뢰가 있었잖아. 물론 다른 사람들은 모르지만, 잘 이해하려고 하지도 않지만, 적어도 우리끼리는 아는 게."

"저도 그런 줄 알았어요. 근데 저한테 했던 말, 다른 애한테 왜 똑같이 한 거냐고요. 장사꾼이에요?"

하준은 도저히 말이 통하지 않을 것 같았다. 호림은 지양 쪽을 바라보았다.

"지양아. 너 나한테 딸내미 뺏길까 봐 이러는 거야? 그럼 미리 말을 하지 그랬어. 진짜 미안해. 나는 내 어렸을 때 생각이 나서 그랬을 뿐이야. 너랑 먼저 대화를 나눠봤으면 훨씬 좋았을 텐데, 그치? 그런데 알다시피 내가, 선생이라서. 그래서 어른보다는 애 대하는 게 조금 더 편했어, 그것뿐이야. 미안해. 성연이랑 가까이 지내는 거 기분 나빴다면 진심으로 사과할게."

이 상황을 어떻게든 모면해야 하는데, 어리고 약해서 쉬이 감정적으로 변할 성연에게 무언가를 기대할 수는 없었다. 호림은 영근 쪽으로 고개를 돌려보았다. 어쨌거나 가장 먼저 정신을 차리고 카페 바깥으로 모두를 끌고 나온 게 영근이었다. 그러나 영근은 어깨를 축 늘어뜨린 채 가만히 지양을 바라보고만 있었다.

지양이 입을 열었다. 주변의 행인들이 이쪽을 힐끔거리다 차에 올라타서는 자갈 튀는 소리를 내며 빠져나갔다. 호림은 그 자갈 조각이 지양의 눈에 튀었으면, 하고 저도 모르는 찰나 동안 바랐다.

"박지양 말이 사실이야?"

호림의 말에 영근은 두 손을 꼼지락거렸다. 다시금 호통을 치자 고개를 주억거렸다.

"정말 웃긴다. 그러니까, 딸 같아서 잘해준 게 아니라 정말 딸이라서 잘해주었다?"

그 카페의 주차장에서, 사과할게, 라는 호림의 말에 지양은 고개를 젓고서 놀랍게도 영근을 향해 이렇게 말했다. 어렸을 땐 하나도 책임 안 지려 들더니, 이제 말이 통하니까 좀 데리고 놀기 편한가봐, 그치?

어린 시절 분별없이 섹스를 하는 거야 있을 수 있는 일이었다. 어린 호림도 승환과 종종 피임 없이 관계를 했고 그래서 생리가 시작될 때까지 불안에 떨었던 때가 있었으니까. 게다가 지양은 예전에 교환 일기에도 그와 같은 말을 쓰지 않았던가. 기억은 명확히 나지 않지만, 섹스와 배신 운운하는 우스운 화제가 있었던 것 같았다.

그러나 박지양과 박영근이라니. 같은 학원에서, 침대도 없는 연습실에서.

엄마 때문이야. 호림은 속으로 생각하며 이를 갈았다. 엄마가 지양을 학원에 보내지 않았으면 없었을 일이었다.

"걔 임신해서 입시 그만둔다는 얘기 들었는데 나한테 찾아오지를 않아서, 나랑 관계있다고는 상상 자체를 못 했어. 내 아이라면 찾아왔을 텐데, 그러지 않아서."

영근이 호림에게 고개를 숙였다.

"아주 나중에 성연이가 서점에 왔을 때부터 나랑 참 많이 닮았다는 생각이 들긴 했어. 그런데 어쨌든 걔 엄마가 나한테 온 적은 없으니까, 그래서 전혀 생각 못 했어."

"오늘 알았다고?"

"걔 엄마 입 통해서는 정말 오늘 처음 들은 거야. 애가 너무 나랑 닮았다는…… 그런 생각은 가끔 했지만 그건 정말, 성연이가 불쌍해서 그런 거였어."

호림은 이마를 짚었다. 당장 분당으로 돌아가고 싶었다. 그래, 이건 나문처럼 코딱지만 한 동네의 문제였다. 한 다리 건너면 다 복잡한 관계로 얽혀 있는 것. 지금의 호림에게는 익명성이 절실했다. 숨을 쉬기 위해서.

영근에게 배신감이 드는 것은 당연지사였다. 아무 여자나 막 홀리고 막 자려 드는 인간이었구나, 네가. 속이 부글거렸다.

영근이 말했다.

"성연이는 정말 부모를 필요로 했어. 성연이가 처음 호림이 널 데리고 왔을 때 나는 확실히 느꼈지. 성연이가 정말 자신과 꼭 닮은 분을 데려왔구나, 하고."

그건 호림이 생각한 것이기도 했다. 그런데 그 생각을 남의 입으로 들으니 왜 역한 욕심처럼 느껴질까? 우습고 간사한 일이었다.

파출소 앞에서 두 사람이 옥신각신하는 동안 성연과 하준은 안에서 건조한 침묵을 지키고 있을 게 분명했다. 성연이 절대로 엄마와 돌아가지 않겠다며 카페 주차장에서 난리를 피운 통에 결국 경찰까지 출동했다. 미성년자 둘은 경찰이 보호했고 와중에 지양은 서빙 아르바이트 대타가 없다면서 혼자 집으로 돌아갔다. 이미 일찌감치 실종 신고를 한 하준의 부모는 나문으로 부리나케 오는 중이라고 했다. 하준과 호림의 관계를 나이 든 여자 쪽의 집착으로 어떻게든 몰아가려 했던 그 부모는 지금 머리가 아프겠지. 하준이 자기 혼자 온 것이라고, 자신의 단독 판단이었다고 경찰에게 증언했으니 더 왜곡할 수는 없을 터였다. 경찰에게 하준이 했던 대답도 유의미하겠지.

　'아저씨는 결혼을 하고 싶어서 했죠? 애도 낳고 싶어서 낳았죠? 그럼 어린아이한테도요, 예? 누구를 믿고 따를 건지 선택할 수 있게 해줘야 할 거 아녜요.'

　하준은 그렇게 말하며 연극적으로 울었다. 경찰이 호림을 보고 난처한 표정을 지을 때까지.

　영근이 말을 이었다.

　"이렇게 된 이상 성연이를 입양할 거야. 입양할 수 있는 방법을 찾아야지. 분명 있을 거야. 오늘 전까지는 나도 옆집 아이처럼, 친구처럼만 돌봐주면 될 거라고 생각했어. 근데 그게 아니잖아. 성연이 엄마는 미쳤어. 저런 여자한

195

테 애를 맡길 수 없어. 애를 위해서라도 안 돼."

"예전에 박을 땐 그런 생각 안 들었고?"

"왜 그래, 호림아. 그런 얘기 아니잖아. 그거 진짜 어렸을 때고, 그때 걘 정말 지금이랑은 완전 다른 애였어. 어떻게 저렇게 망가졌는지 모르겠어……."

그때도 쟤 아버지는 업소를 했어, 전교생이 다 알았잖아. 그렇게 말하고 싶으나 참았다.

"호림아. 저 남자애는 잘 구슬려 보내자. 걔는 그냥 상처를 많이 받은 것뿐이야, 그런 애를 이용하고 나문까지 끌고 들어온 성연이 엄마가 이상한 사람인 거잖아. 차라리 잘됐어, 저런 사람인 거 경찰도 알게 됐으니까. 나랑 같이 성연이 보살피면서 살자. 우린 재미있게 연애하고. 응? 그러면 되지 않겠어?"

그때의 지양이 낭창낭창하게 생기긴 했었다. 위태로운 매력이 있었고. 어린 시절의 영근이 홀릴 만했을 것이었다. 그럼에도 지양과 호림이 툭하면 입에 올렸던, 일종의 아이돌인 영근과 지양이 섹스를 했다는 사실은 우습게 받아들일 수는 없는 일이었다. 그러나 영근은 지금도 충분히 멋졌고, 지양은 완전히 수그러들었다. 어쩌면 지양이 이러는 것은 자신의 한심한 처지를 잊고자 하는 발악일지도 몰랐다. 혹은 자신의 위치로 남들을 끌어내리려는.

그래, 그 얄팍한 계책에 당하면 안 됐다. 물론 영근에게는 관계를 유지하는 내내 책임을 끊임없이 상기시켜야 할 테지만.

호림은 물었다.

"엄마가 양육권 못 주겠다고 하면? 그럼 어떻게 입양을 해?"

"친자 검사 해야지. 그리고 성연이 의사가 확실하면."

"그럼 된대?"

"못 주겠다면 소송이라도 걸어야지."

"성연이도 원하는 거래? 협조하겠대?"

영근이 호림을 가만히 바라보더니 말했다.

"당연히 원하는 거 아니겠어?"

2부

1

하준의 부모는 당일 자정쯤 되어 파출소에 들어섰다. 뺨이라도 때리지 않을까 싶었는데 놀랍게도 하준의 모친은 들어오자마자 하준에게 달려들더니 그를 껴안고서 엉엉 울었다. 그 아이가 얼마나 부끄러워할지는 생각도 하지 않고. 하준은 모친을 뿌리치고서 앞뒤가 안 맞는 말들을 지껄였다.

결국 남자 대 남자로 이야기를 나눠보겠다며 하준을 파출소 밖으로 잡아끈 것은 영근이었다. 영근과 한참 이야기를 나누고 들어온 하준이 손을 움직일 때마다 담배 냄새가 풍겼다. 모친이 눈물범벅인 눈을 부라렸으나 경찰들마저 피곤한 눈치였다.

결국 하준의 부친이 하준을 질질 끌고 가서는 자신의 차에 태웠다. 호림은 생각했다. 중학교 졸업할 때까지 위치 추적 앱에 시달려 미쳐가던 아이는 아마 그 족쇄를 다시금 발목에 차게 될 거라고.

벌써 새벽 네 시가 가까워오고 있었다.

호림은 영근의 차에 타고 싶지 않아 콜택시를 부르겠다고 했다. 지양이 파리호프 아르바이트를 끝내고 오고 있다니 더욱 도망치고 싶었다. 어차피 조사도 다 마무리되었으니까. 그러자 성연이 자신도 따르겠다고 했다. 집에 가고 싶지 않다고 했다. 호림은 핸드폰을 보았다. 부재중 전화 스물다섯 통. 모두 엄마에게서 온 것이었다.

일단 호림은 성연의 손을 잡았다.

나문대 인근 파출소라 모텔을 찾으려면 찾을 수 있을 터였다. 그러나 성연을 그런 데서 재우고 싶지 않았다. 눅눅한 침대에 나란히 누워 방음이 되지 않는 벽 사이로 새어나오는 신음 소리를 듣고 싶지 않았다. 특히 싱싱한 연인이 성연의 생물학적 아버지라는 사실을 알게 된 후로는 더더욱. 찜질방? 그런 곳도 웃겼다. 호림은 완전히 지쳤고 자신이 가장 편해질 수 있는 장소가 간절했다.

집.

성연을 데리고 간다면 늦은 귀가와 연락을 받지 못한 상황에 대한 추궁도 피할 수 있을 게 분명했다.

불쌍한 아이니까.

"쌤 집에서 자고 갈래?"

호림이 물었다. 성연이 울먹이며 대답했다.

"제가 사장님 딸인 걸 알고 있었는데 왜 숨겼는지, 안 물어보셔도 괜찮아요? 화 안 나셨어요?"

호림은 대답했다.

"그게 무슨 상관이야. 여자끼린 도와야지."

화가 났으면서도 그렇게 말했다. 그게 자신이 해야 하는 말이라고 여기며 무진 애를 써서 괜찮은 풍경을 그려냈다.

평소의 엄마였다면 잠을 자지 못하고 눈이 벌게져서 성화였을 것이나, 성연을 데리고 들어가자 마치 가면을 바꿔 쓰는 경극 배우처럼 급히 친절해졌다. 성연에게 먼저 씻으라 한 뒤 호림의 옷 중 가장 깨끗한 것을 챙겨주었다. 호림의 방에 들어가서는 성연을 침대에 눕히고, 호림 몫으로 요를 깔아주었다. 그러고는 아무것도 묻지 않고 나갔다.

"되게 좋은 엄마 같은데 왜 미워했어요?"

성연이 물었다. 그러나 바로 고롱고롱 코 고는 소리가 들려왔다. 호림은 안도했다.

둘은 다음 날 정오가 되어서야 일어났다. 집에서 처음 맡는 냄새가 나서 의아했던 호림이 먼저 방을 나섰다. 엄마가 프라이팬에 버터를 발라 식빵을 굽고 있었다. 뭐야? 호림이 묻자 엄마가 속삭였다. 토스터기 없이 이렇게 하면 없어 보이니?

식탁에는 그럴싸한 토스트와 반숙 계란, 갖가지 과일과 우유 그리고 콘플레이크가 차려졌다. 모든 게 처음 보는 것이었다. 아침 일찍 사러 다녀온 게 분명했다. 아버지는 자리에 없었다. 먼저 아침 먹고 뒷산 갔어. 엄마가 말했으나 아버지가 혼자 뒷산에 갈 리 만무했다. 쫓아낸 것이었다. 왜? 이유는 분명했다. 낡아 추레해진 남자를 아이에게 들키지 않으려고. 보이고 싶지 않았으므로.

그것만은 엄마와 동감이었다.

여기도 로켓 배송이 와? 그날 오후 성연이 낮잠을 자고 있을 때, 엄마가 무얼 받았는지 확인한 호림은 경악하여 물었다.

"시작한 지 한 달 됐어. 너무 편하더라."

엄마가 주문한 것은 배스 밤이었다. 집에 욕조가 있긴 했으나 분명 몸을 담글 수 있는 상태는 아니었다. 빨래용에 불과했으니. 제정신인가, 생각하며 화장실에 들어가니 욕조가 새하얘져 있었다.

"언제 청소했어?"

"아침에. 식빵 사오고 나서."

"엄마, 잠은 잤어?"

그러자 엄마는 호림을 보지도 않고 되물었다.

"내가 언제 잠을 편히 자는 걸 본 적이 있니?"

배스 밤을 푼 물의 색은 영롱하고 아름다웠다. 성연은
그 앞에서 눈물을 뚝뚝 흘렸다. 이렇게 예쁜 건 처음 봐요.
그렇게 말하며 옷을 다 벗고 욕조 안으로 들어갔다.

"이틀 재우는 건 아니야. 나오면 집에 돌려보내."

엄마가 욕실 문 앞에서 속삭였다. 그 말이 꼭, 이 정도만
해도 충분해, 아주 좋은 어른, 대단히 특별한 어른이야, 그
러니까 그만해, 처럼 들렸다. 그러나 엄마의 의도는 호림
의 예상을 뛰어넘었다.

호림의 귀에 대고 엄마가 말했다.

"더 하면 나중에 손해 봐. 어린애들이 은혜 같은 거 생각
할 것 같니? 얼른 쫓아내. 이러다 큰일 나."

"그건 경험에서 나온 말이야?"

호림이 대꾸하자 엄마가 고개를 끄덕이며 덧붙였다.

"핏줄은 못 속여."

호림은 반박하지 않았다.

성연이 씻고 나온 욕실 안에서 호림은 마치 갇혀 있는 동
물처럼 빙글빙글 의미 없이 돌다가, 성연이 사용한 칫솔이
나 욕조에 떨어진 머리카락 따위를 주웠다. 모근이 없는
머리카락은 검사가 힘들다고 했지만 혹시 몰랐다. 면봉도

효과적이라는 말에 순간 아이의 귀를 파주는 자신을 상상했으나 그게 아니라 볼 안쪽을 문질러야 한다고 했다. 대놓고 할 수 없는 행위라서 아쉬웠다. 대신 손발톱도 많이 있으면 유용하다, 라는 말을 떠올리며 손톱깎이를 가지고 화장실을 나섰다.

"기타 치려면 손톱이 짧아야 하니까. 지금부터 익숙해지는 게 좋아."

호림은 성연에게 손톱깎이를 내밀었다. 성연의 손톱 깎는 소리가 또각또각 들렸다.

친자확인 검사를 대놓고 요구하면 성연이 겁을 먹을 것이라고 영근은 말했다. 제아무리 생모에게 반항심을 가지고 있다 하더라도, 생모의 양육권을 빼앗고 싶어 하는 생부를 정면으로 지지하는 행위는 아무래도 부담스럽지 않겠느냐고. 세심한 판단이었다. 물론 생쥐처럼 손톱을 챙겨야 하는 건 조금 소름 끼치는 일이었으나 성연의 미래를 위해서였다. 그 지독한 엄마에게서 벗어나기 위해. 태어난 대로 마음껏 자유로이 살기 위해.

"가기 싫어요."

현관에 서서 고개를 푹 수그린 성연을 호림과 호림의 엄마가 번갈아 안아주었다. 호림이 말했다. 혹시 엄마가 널 다치게 한다거나, 위험해보이거든 꼭 연락해. 알았지? 주저 말고. 102동까지 뛰어가는 건 일도 아니야. 꼭 연락해야 돼.

"죄송해요. 그 새끼 말 조금이라도 믿었던 게 후회돼요. 잘해주셨겠죠, 걔한테도. 저는 그 새끼처럼 은혜를 원수로 갚는 쓰레기는 안 될게요."

하준 얘기였다. 엄마는 아직 소상히 알지 못하는. 호림은 웃으면서 성연을 결박하듯 안은 채 현관 밖으로 나가 엘리베이터 버튼을 눌렀다.

"곧 도망칠 수 있게 될 거야."

호림이 말했다.

"그렇게 될 거야."

성연이 떠난 뒤 호림은 영근에게 연락했다. 친자확인 검사 금방 된대. 영근의 말에 호림이 물었다. 소송 걸기 전에 성연이를 집에서 빼내야 하지 않을까? 그 엄마가 홱 돌아서 무슨 짓을 저지를지 모르잖아.

"내 집에서 재우면 되지."

영근이 말을 이었다.

"애 아빠잖아, 내가. 이상하게 보는 사람이 이상한 거지."

"그래도, 나문이 원체 좁잖아. 그 구설수를 감당할 수 있겠어?"

"아니면 서점에 방 있잖아. 라꾸라꾸도 있고. 씻을 곳은 없지만 삼 분만 걸어가면 목욕탕 있으니까 가서 씻으면 되고. 성연이가 괜찮다면 당분간 거기를 써도 돼."

호림은 가만히 듣다가 일단은 그렇게 하고, 혹시 가출이 길어질 것 같으면 내가 내 돈으로 원룸이라도 하나 잡아줄게, 하고 말했다.

"성연이가 부담스러워하지 않는다는 전제하에."

그렇게 조건을 걸었기에 성연은 바로 가출을 할 수 있었다. 일단 머물 곳은 영근의 서점이었다.

2

친자확인 검사 결과가 이렇게 빨리 나올 줄은 몰랐다. 영근이 과장을 하는 줄 알았으나 인터넷에 검색해보니 정말 그랬다. 돈을 좀 보태면 만 하루 만에도 알 수 있었다. 그렇게 수요가 많은 서비스였나. 대체 얼마나 많은 사람이 핏줄이란 것에 얽매이는 걸까. 호림은 숨이 막혔다. 내 아이인지 아닌지, 그게 그렇게도 중요한가. 나는 내 피 한 방울 섞이지 않은 아이들에게도 마음을 쏟곤 했는데. 다른 여자와 아이를 낳은 남자도, 그 남자의 친딸도 사랑할 자신이 있는데. 아니, 내가 원하는 나는 그래야만 한다고 확신하는데. 혈연이라는 게 별건가, 오히려 지독한 굴레가 아닌가. 겨우 그것 때문에 고통스러운 가정에 매여 사는 이들이 있는데. 호림은 영근의 입에서 결과를 듣기 전까지 그렇게 생각하면서 친자확인이라는 거대한 시장이 참 우스꽝스럽다고 여겼다.

그런데 친자가 아니라고 했다.

영근의 딸이 아니라고.

영근은 돋아난 수염을 쓸었다. 눈이 조금 충혈되어 있었다. 지양이 포기를 하지 않겠구나, 호림은 생각했다. 그러나 영근의 입에서 나온 말은 뜻밖의 것이었다.

"내 친딸인 줄 알았는데."

그러더니 마치 우는 것처럼 얼굴을 두 손에 묻었다.

"정말로, 내 아이인 줄 알았는데. 너무 닮아서. 나랑 너무 닮아서, 앞으로 진짜 잘해줄 거라고 생각했는데."

"네 아이가 아니라니까 생각이 달라졌어?"

"그럼 그렇게 해줄 이유가 뭐가 있어? 그런 여자애들은 세상에 넘쳐나, 알아? 어디 정신과에만 가면 백만 명씩 깔려 있는 게 그런 애새끼들이야. 흔해 빠졌다고."

"뭐?"

"내 딸이라고 생각했으니까 특별했지, 내 딸이니까 그렇게 마음을 줬지."

영근은 정말로 서러운 듯 눈에 눈물이 그렁그렁했다. 몹시 상처받은 아주 순수한 사람처럼 보였다.

"나는 내 아이라서 성연이를 챙겼니? 아니잖아. 그리고 나한테 그랬잖아, 가족을 만들자며. 그럼 나는 왜 끼웠어? 나는 성연이랑 피 한 방울 안 섞인 사람인데 왜 끌어들인 건데?"

영근은 입을 열지 않았다. 그대로 담뱃갑을 챙기더니 나가버렸다. 미친 새끼, 하고 호림이 중얼거렸다. 그때 골방의 문이 삐거덕 열리더니 누군가 걸어나왔다. 성연은 아직 학교에 있을 시간인데. 깜짝 놀라 돌아보니 퉁명스럽게 굴던 아르바이트생이었다.

성연이 묵어야 할 방에서 왜 쟤가 나올까. 아무리 학교에 가고 없다고 한들 아이만의 공간이어야 할 곳이었다. 보호한다면 지켜줘야 할 프라이버시의 기본이 아닌가. 호림이 따지려는데 하품을 하던 아르바이트생이 먼저 입을 열었다.

"미안요. 들으려고 들은 건 아닌데, 들리길래."

"원래 거기서 자고 그래요?"

"사장님 애인 올 때는요. 근데 중간에 나온 적은 없어요. 오늘이 처음이에요. 이 말은 꼭 해드려야 할 것 같아서. 어차피 사장도 좆같고. 그만둬야지."

"네?"

"진짜 이 새끼가 목표 달성 하는구나 싶었어요. 와 씨, 이게 정말 된다고? 좀 어이가 없더라고요. 그런데 본인 자식이 아니라고? 그건 상상도 못 했네."

"무슨 얘길 하는 거예요?"

"연애질은 그렇게 하면서 뒷조사 한 번을 안 했어요? 아니, 들어보니까 SNS는 잘만 하더만 왜 남자 의심은 안 해요? 아줌마, 남자 너무 믿네."

아르바이트생이 카운터에 있던 명함을 뒤집더니 글자 몇 개를 휘갈겼다.

"이거 보고 판단하셔요. 지금까지 엄마 후보가 열댓 명은 더 있었을 겁니다. 그리고 애는 검사 결과 나오자마자 쫓겨났어요. 여기 다시 올 리 없어요. 알고나 계세요."

그러더니 다시 골방으로 들어가 문을 잠갔다. 오래 일해서 사장이 언제쯤 담배를 다 태우고 들어오는지 명확히 알고 있는 자의 기가 막힌 시간 계산이었다.

호림은 급히 서점을 나섰다. 주머니 속에 방금 받은 명함을 넣고서.

우스운 내막들.

영근의 블로그 팔로워는 아주 많았다. '내 딸인 것 같은 아이가 찾아왔다'가 첫 포스팅의 제목이었다. 성연과 말을 트고, 애정을 쌓는 순간들이 참으로 아름다운 언어로 기록되어 있었다. 팔로워들은 환호했다. 배드파더스를 운운하며 세상에 이런 남자가 어디 있느냐…… 칭송하는 이들이 많았다. 대부분 호림 또래 혹은 그보다 연상인 여자들이었다.

계속해서 게시글을 넘겼다. 연애 이야기도 나왔다. 자신의 애인이 성연에 대해 얼마나 강퍅한 태도를 보이는지 토로하는 글이 숱하게 쏟아졌다. 애인은 많이, 자주 바뀌었다. 팔로워들은 또다시 댓글을 달았다. 언젠간 좋은 사람이 올 거다, 언젠가는 꼭. 가끔은 기존 팔로워로 보이는 이가 새 애인이 되었다. 그러나 그들은 늘 영근과 불쌍한 아이를 '배신'했다. 영근의 표현에 의하자면 그랬다.

자신을 가리키는 듯한 표현이 등장하는 순간 호림은 핸드폰을 주머니에 쑤셔 넣었다. 사실은 더 보려고 했다. 그러나 그다음에 나온 내용이 꼴사나워 그럴 수 없었다.

'우리 부녀 이야기, 책으로 쓰기 시작합니다.'

그 제목을 보고 난 뒤로는.

호림은 서점으로 돌아가지 않고 그대로 집으로 향했다.

3

호림은 본디 상황을 대면하는 것을 좋아하지 않는다. 무언가 잘못되었다는 사실을 직감해도 정황을 계속 부인하며 엑셀을 밟는 성정을 가졌다. 스스로도 그걸 알고 있다.

그러나 고칠 생각이 없었다. 적어도 자신의 논리 속에서만큼은, 자신이 감지하고 사고하여 도출하는 과정과 결론 들이 모두 옳았으니까.

호림은 책상에 앉아 종이와 펜을 급히 찾았으나 집에는 필기구로 쓸 만한 게 전혀 없었다. 결국 엄마에게 신경질을 냈다. 어떻게 배운 인간들이 산다는 집에 볼펜 한 자루가 없을 수 있느냐고 소리를 버럭 질렀다. 그러는 너는 배운 인간이고 애들 가르친다면서 볼펜 한 자루 안 들고 다니니? 도리어 대거리하는 엄마에게 기가 찼다. 쉬겠다고 왔는데, 치유하겠다고 왔는데 어떻게 나한테 그런 말을 할 수 있는가.

펜을 사려면 형산아파트 상가의 문구점까지 가야 했고 102동 앞 역시 지나야 했다. 지양이 어디서든 불쑥 튀어나올 것 같아 두려웠다. 그래서 백팩을 뒤졌다. 호림은 가방을 잘 정리하는 타입이 아니었지만 잊고 있던 연필 한 자루라도 나올까 해서 손을 넣어 휘저었다. 거의 다 쓴 핸드크림이나 방전된 무선 이어폰, 일 년도 넘은 영수증이나 고깃집에서 가져왔던 입가심용 사탕, 심지어 지난 휴가 때 승환과 함께 떠났던 해외여행의 수하물표 같은 게 마구 손에 걸렸다.

그 속에서 호림은 작고 낡은 노트 한 권을 찾아냈다. 처음에는 알아보지 못했으나 겉표지를 넘기는 순간 깨달았다.

지금보다 훨씬 정갈했던 시절의 제 글씨체가 말하고 있었기 때문이었다. 이것은 지양과 효정의 교환 일기노라, 하고.

이게 어떻게 여기 있지?

일기를 펼쳤다. 곳곳에 써둔 가사들 위에 어설프게 G-D-Am-C 따위의 기본적인 코드까지 올려놓은 글자들이 눈에 박혔다. 악기 같은 건 연주할 줄 모르던 둘은 그렇게 작사, 작곡이랍시고 흉내 냈었다. 좋아하는 외국 밴드 곡의 가사를 들여다보며 그 어절에 딱딱 맞추어 한국어로 새 가사를 쓰고, 인터넷에서 그 곡의 기타 코드를 찾아 위에 슬그머니 적어 마치 진짜로 만든 곡인 양, 기타만 있으면 부를 수 있는 곡인 양.

우스웠다. 이렇게까지 유치했나. 호림은 제정신으로 읽을 수가 없었다. 그땐 정말 대단한 것을 하고 있으며 대단한 꿈을 꾸고 있다고 생각했다. 마저 한참을 넘겼다. 아무리 읽어도 언제 이런 걸 썼는지, 그때 무슨 심산이었는지 기억할 수 없었다.

그러다 뒷부분이 이상하게 두터워 잠시 멈췄다. 호림은 천천히 책장을 넘겼다. 실용음악 학원의 수강료 영수증이었다. 조금 더 넘겨보니 이번에는 버스표가 하나 붙어 있었다. 나문에서 서울로 가는 시외버스 표였다. 이미 검표

되어 반이 찢긴 것. 날짜를 확인했다. 대학교 1학년 2학기가 시작되던 9월이었다.

그때 무슨 일이 있었나. 호림은 눈가를 찌푸리며 기억을 더듬었다. 처음엔 지양이 어디 수시모집에라도 응시했을 거라고 생각했다. 예체능 전공이라면 9월에 실기를 볼 수도 있다고. 그러나 무언가 기억 속에서 스멀스멀 기어다니는 기분이 들었다. 스무 살의 9월. 지양을 서울에서 본 적이 있는 것 같은데. 그러나 단둘이 따로 만난 기억은 전혀 없었다. 무엇이었을까……

그 일일 호프를 호림은 기억해내지 못했다. 그만큼 중요한 일이 아니었고, 잊힌 것들 또한 많았다. 그렇지 않은가? 물론 스무 살 때의 사건 사고는 당시의 호림에겐 목숨을 걸 만큼 중요한 것들이었다. 마치 발바닥에 알알이 밟히는 돌조각과 같이 걸음걸음마다 보드라운 살을 쿡쿡 찌르는. 그러나 십칠 년이 흐른 지금은 다 잊어버렸다. 돌조각은 날아가거나 풍화되었고 호림의 발은 두꺼워졌다. 애써 생각해도 떠올릴 수 있는 선명한 순간은 몇 가지 되지 않았다. 하다못해 승환과의 기억도 마찬가지였다. 그때의 것들은 완전히 망각되었다. 썩 남기고 싶지도 않았다.

불현듯 페이지를 더 넘기면 안 될 것 같다는 직감이 들었다. 이 공책을 제 가방에 집어넣은 사람은 분명히 자신을 상처주고 싶었을 것이다. 그리고 그 방법이 페이지 뒤에 있을 것이다. 호림은 계속해서 손가락으로 버스표를 쓸어내렸다. 그냥 닳아버리면 된다. 공책을 쓰레기통에 넣으면 된다. 아니, 그렇게 한다면 엄마가 볼 수도 있었다. 태우는 게 최고일 터였다. 하지만 어디서? 아파트 단지에서 하기에 쉽지 않은 일이었다. 베란다 밖으로 던지기에도 보는 눈이 너무 많았다.

그러다 한 가지 방법이 기억났다.

호림은 공책을 티셔츠 속에 욱여넣었다. 엄마가 부엌에서 서성거리고 있었으므로 들키면 안 됐다. 욕실로 들어가는데 여지없이 엄마가 자신을 불러세웠다. 간을 보라는 거였다. 이제 늙어서 짠지 싱거운지도 모르겠어, 하고 말하니 무시할 수가 없었다. 호림은 공책의 윤곽이 드러나지 않도록 뱃가죽에 힘껏 힘을 주었다. 무얼 만드나 했더니 생전 처음 보는 음식이었다. 이게 뭐야? 호림이 물었다.

"비밀이야. 느이 아버지 요새 기가 너무 허해지셔서 걱정되지 뭐니. 일단 좀 먹어봐라. 먹을 만하니? 한참 더 고아야 하긴 하는데."

정말 이상한 맛이었으나 대충 대답하고서는 서둘러 욕실로 들어갔다. 문을 잠그고 물을 틀었다. 대낮부터 무슨 목욕이야? 엄마가 밖에서 소리를 쳤으나 적절히 얼버무렸다. 어차피 이상한 맛이 나는 그 뭔가를 고아내느라 정신이 없을 거였다.

물이 어느 정도 차자 호림은 옷을 다 벗고 그 안에 들어갔다. 공책을 그냥 불려 찢어버릴 수도 있었으나 기민한 엄마의 촉을 속일 수는 없었으므로 정말 오래 목욕을 할 심산이었다. 물을 아주 뜨겁게 받아서였는지 성기 주변이 콕콕 쑤셨다. 몸을 푹 담그고 조금 참으면 익숙해질 감각이었다.

욕조에 등을 대고 누웠다. 수증기 때문에 조금씩 숨이 찼다. 욕조에서 책을 읽는 영화 속 장면은 사실 말도 안 된다는 걸 어렸을 때는 전혀 몰랐지. 호림은 손의 물기를 수건에 대충 닦고 공책을 들었다. 한 장 한 장을 천천히 넘겼다.

그런데 다시 읽으니 생각보다 나쁘지 않았다. 만약 효정이란 아이가, 이런 글을 적는 아이가 실제로 근처에 존재했다면 자신이 반드시 챙겨줬을 거라고 호림은 확신했다. 재능이 있었다. 자신만의 시선도 유효했고 열등감은 오히려 일종의 예리함을 장담하는 듯 보였다. 당시에는 지양이 압도적이라고 생각했는데 아닌 것 같았다. 자세히 읽기를 잘했다 싶어 조금씩 웃음이 나왔다. 도래하지 못하고 이미 과거가 되어버렸을 미래에 대한 아쉬움이 생겼다. 만약 내가 나 같은 어른을 만났더라면, 너에게 고유의 재능이 있다고 말해줄 어른을 만났더라면 지금은 전혀 다른 삶을 살고 있지 않았을까 생각하면서. 그럼에도 음악은 오래 못

했을지 모른다. 요새는 어설픈 세 개짜리 코드로 음악하는 인디밴드는 없으니까. 하지만 적어도 시 같은 건 쓸 수 있지 않았을까. 시를 떠올리니 영근이 생각났다. 단전에 힘을 주었다. 호림은 아르바이트생의 폭로 이후 영근의 연락을 받지 않아 왔다.

"얘, 아직 멀었니?"

엄마가 화장실 문을 두드렸다. 놀란 호림은 손에서 공책을 떨어뜨렸다. 아직 읽을 게 많은데. 다급하게 공책을 건져냈다. 앞부분이 먼저 물에 푹 담겼고 뒷부분은 조금 나왔다. 두 손가락으로 공책의 끄트머리를 집었다가, 버스표가 붙어 있던 장 뒷부분에 그려진 그림과 낙서 같은 글을 보고 말았다.

그것은 승환의 몸을 묘사한 것이었다. 호림밖에 알 수 없을 승환의 특징들이 자세하고 적나라하게 기록되어 있었다. 가령 유두에 난 털 한 가닥과 같은.

익숙한 지양의 필체가 그 아래 적혀 있었다.

'쌍둥이 같은 사람을 우연히 만나는 게 가능할까? 그 어느 곳에서도 나와 같은 사람은 만나지 못했는데. 어디든 맘을 완전히 공유할 사람이 있을 거라 싶어서 상처를 받으면서도 여러 곳을 오가던 순간들이 있었다. 하지만 그렇게 억지로 사람을 헤집어 연결을 만들어봤자 아무것도 일어나지 않았어. 밴드 하는 사람들 사이를 그루피처럼 오가도 결국 확인할 수 있었던 건 그들이 나를 고깃덩이로 본다는 것뿐이었고 음악을 배우면 달라질까 했는데 여전히 마음 줄 곳은 없었어. 어쩌면 엄마를 잃은 후 아등바등 혼자 살아남아 보려는 내 노력에 벌을 주는가도 싶었다. 그런데 어떻게 여기서 나와 똑 닮은 사람을 만나지? 어떤 기대도 없어 아무 말 하지 않았는데도 먼저 꿰뚫어 봐주는 사람을?'

힘이 풀린 손으로 페이지 몇 장을 넘겼다. 그 옛날 지양이 썼던 내용이 이어서 눈에 들어왔다. 어슴푸레하게만 기억하고 있던 그 문장.

'나는 그런 생각했어, 한 아이가 부모에게 가장 크게 저지를 수 있는 배신은 사랑 없는 섹스를 하는 자식이 되는 게 아닐까? 자신을 만들었던 그 행위를 우습게 보는 거.'

승환은 그 대상이 될 수 있었다. 아주 짧은 사랑이었을지도. 충분히 지양을 매료시킬 수 있었을 것이다.

호림이 자신의 입맛대로 길들였으니까. 음악을, 외양을, 말투와 행동과 여러 취향을. 너는 다른 여자와 좀 다른 것 같아, 라고 고백한 승환에게 호림은 지양과 함께 만들어낸 취향을 덮어씌웠다. 그러니…… 그러니까…….

승환은 지양이 선호하도록 만들어진 제품과도 같았을 것이었다.

4

"내 친구랑 잔 적 있니?"

호림은 승환에게 전화를 걸어 다짜고짜 물었다. 뭐? 승환이 되물었다.

"내 친구랑 잔 적 있냐고. 1학년 일일 호프 때."

"이젠 자기 잘못을 못 덮을 것 같으니까, 나한테 죄목을 씌우시겠다?"

"묻는 말에나 대답해."

"기억 못 해. 내가 기억하는 건 그날 네가 남자 새끼들한테 내내 꼬리 쳤던 거, 나는 빡쳐서 술을 겁나 마셨다는 거. 그게 다야."

"내가 무슨 꼬리를 쳐, 개새끼야."

"내가 바보야?"

승환이 돌연 버럭 소리를 질렀다.

"십 년 넘게 그래왔잖아, 나 대놓고 무시하면서 언제든지 더 나은 새끼 찾아보려고 발버둥 친 걸 내가 모를 줄알아? 그러다가 이제 나이 좀 들어서 안 먹힐 것 같으니까어린애 홀려서……."

"야! 너 미쳤어?"

"아니, 내 말 안 끝났어."

수화기 너머 헛웃음 소리가 새어나왔다.

"진짜 이 말 하고 싶어서 얼마나 참았는지 모르겠다. 내가 너 같은 인간 이제는 정말 잘 알지. 본인 스스로한테 만족 못 하고 남 지배하는 걸로 구멍 난 자존감 메우는 인간이잖아, 네가. 다른 사람 깔아뭉개면서, 가르치고 싶어 하면서. 그걸 사람들이 모를 것 같아? 네가 왜 지금껏 실패했는지를 생각해봐, 네 주위에 남아 있는 사람이 얼마나있는지, 있긴 한지 생각해보라고."

"난 한 번도 실패한 적 없어!"

호림은 소리를 질렀다. 어떻게 감히 내게 이런 말을 할수 있지? 믿을 수가 없었다. 내게 비한다면 승환은 아무것도 아닌 사람인데. 능력도 부족하고 외모도 볼품없으며 있는 거라곤 내 마음에 들고 싶어 억지로 세뇌하듯 배운 취향뿐인데, 내가 없으면 아무것도 아닌 존재인데…… 그런데 어떻게 이런 말을 할 수가…….

"기억났어."

승환이 대답했다.

"그 친구, 네가 툭하면 말했던 개였지. 고등학교 때 너 부러워해서 그렇게 쫓아다니고 따라 했다는 애. 음악도 따라 듣고 글도 따라 쓰고. 네가 불쌍해서 놀아줬다는 애. 네가 항상 걔 얘기했잖아. 걔가 나 때문에 안 죽고 살았다, 나 없었으면 진작 죽었을 건데. 그렇게 얘기 했었지."

호림은 기억나지 않았다.

"그런데 막상 만나보니까 걔가 훨씬 재밌더라, 너보다. 확실히 느꼈어. 아, 반대구나, 얘가 이호림을 따라 한 게 아니라 이호림이 얘를 질투하고 모방한 거구나. 내가 그걸 어떻게 알았는지 알아?"

승환은 의기양양하게 말했다.

"너는 말을 하기 전에 항상 눈을 사방으로 굴려. 그 짧은 시간 동안 포장할 방도를 찾는 거지. 우습지 않아? 걔는 직진이더라고. 말도, 눈빛도. 재지 않는 게 느껴졌다고. 걔는 타고난 대로 사는 애였고, 너는 특이한 척, 있어 보이는 척 연극을 하는 거였고."

그 말이 호림에게 가장 큰 내상을 입힐 것을 승환은 분명 알고 있을 터였다. 호림이 할 수 있는 것은 그저, 잤는지 안 잤는지만 똑바로 말하라고 승환에게 더 크게 소리 치는 일밖에 없었다. 부모가 모두 없을 때를 틈타 하는 통화였다. 짧은 시간 안에 진상을 알아내야 했다.

"기억 못 한다니까 그러네. 그리고 나 없는 동안 선배랑 물고 빤 건 너야. 내가 모를 줄 알았어?"

승환이 여전히 웃음 섞인 목소리로 말을 이었다.

"너는 나를 네 모조품으로 만들려 했지. 진품인 너를 신처럼 모시게끔 만들고 싶었겠지. 나도 그렇게 연기를 했어. 왜? 별로 힘든 일이 아니었거든. 재미도 있었거든, 네 취향에 맞춰서 변하는 거. 사람들이 특별하다고 칭찬해주고, 좋더라고. 너랑 나의 가장 큰 차이점은 자기 주제를 아느냐, 아니냐야. 나는 내가 네가 만든 모조품인 걸 알지. 그런데 너는 어지간히도 진품이 되고 싶어 하더라? 박수쳐주는 사람을 찾아서 평생을 헤매고."

호림이 전화를 끊어버리기 직전 승환의 마지막 말은 이랬다.

"말해줄까? 솔직히 넌 나보다도 특별하지 않아."

호림은 102동 105호의 초인종을 눌렀다. 아무런 반응이 없었다. 문을 두드렸지만 역시 묵묵부답이었다. 공동 현관을 나가 105호 앞의 화단으로 들어갔다. 화단에서 충분히 안을 들여다볼 수 있는 집이었으니까. 화단의 풀들이 호림의 발에 마구 짓밟혔다.

지양의 집 베란다에는 흔한 블라인드조차 제대로 설치되어 있지 않았다. 오히려 종이 상자들이 시야를 막고 있

223

었다. 풀지도 정리하지도 않은 황톳빛 상자들. 호림은 까치발을 들었다. 더러운 먼지가 가득 쌓인 베란다 난간에 팔꿈치가 올라갔다.

집 안은 조용했다. 월요일 낮이었으니 성연은 학교에 갔을 터였다. 영근의 골방에서 쫓겨난 성연이 학교 말고 갈곳이 어디 있단 말인가⋯⋯. 그러나 지양만큼은 집에 있어야 할 시간이었다.

그런데 왜 성연은 내게 연락을 하지 않았을까. 갈 곳이 없다면 제일 먼저 내게 오는 게 맞는 것 아닌가. 아니, 반드시 내게 와야만 하는 것이 아닌가. 나 말고 믿을 사람이 누가 있다고.

호림은 건물의 높이를 가늠했다. 삼십 년이나 된 형산아파트의 1층은 필로티식 건물에 익숙한 요즘 사람들이 보면 기함할 정도로 낮은 곳에 있었다. 게다가 지양의 집에는 1층에 산다면 대부분 설치하는 방범창도 없었다. 베란다 문만 잠그지 않았다면 충분히 열고 들어갈 수 있는 구조였다.

침을 꿀꺽 삼키고서 지양에게 전화를 걸었다. 희미하지만 분명한 벨 소리가 안쪽에서 들렸다. 두꺼운 철로 된 견고한 현관문을 통해서는 들리지 않았을 소리가, 베란다 앞에서는 쉬이 새어나왔다.

지양이 안에 있다. 안에 있는데도 나를 만나려 하지 않는다.

그렇게 생각하자 미칠 것 같았다. 감히 나를 피하는 것
인가?

호림은 주변을 살폈다. 대낮이었지만 오가는 사람은 없
는 것 같았다. 평일 낮이라 단지가 한산한 걸 다행으로 여
겨야 할지. 혹 신고가 들어간다 하더라도 가정폭력을 당했
을지 모를 성연이 걱정되었다고 증언하면 될 터였다.

다리를 벌려 베란다의 끝을 잡고 올라섰다. 다른 쪽 팔
로 창을 밀어 열었다. 여자 둘이 사는 집이면서 어찌나 허
술한지, 문이 스르르 그냥 열렸다. 이제 다른 쪽 다리를 찢
어 펜스만 넘으면 되었다. 그러면 이 집에 들어갈 수 있었
다. 다리 찢기야 어렸을 때 참 잘도 하던 거였다, 일도 아
니었다, 금방 할 수 있었다…….

핸드폰은 여전히 울리는 중이었다. 신발을 베란다에 벗
어놓고 벨 소리를 따라 걸었다. 안방 쪽도, 905호에서는
호림이 쓰는 작은방 쪽도 아니었다.

벨 소리는 문이 반쯤 부서진 바로 그 방에서 나고 있었
다. 문틀이 뒤틀려서 절대 잠기지 않는 그 방. 누구보다도
비밀을 가장 많이 소유하고 싶어 할 아이에게 배정된 방.
언제든 문을 벌컥벌컥 열 수 있는 성연의 방.

호림이 지양의 잘못된 엄마됨을 처음으로 판단했던 바

로 그 방의 문은 열려고 애쓸 필요도 없었다. 검지 하나로만 밀어도 스르르 제 안에 든 것들을 다 드러내줄 터였다. 헤집을 수 있게, 밟아버릴 수 있게. 아니다, 그런 어휘로는 표현하고 싶지 않다…… 호림은 마음을 다잡았다. 구원해줄 수 있도록.

벨 소리가 끊어졌다. 고객님께서 전화를 받으실 수 없어……. 딸의 방에서 대체 뭘 하고 있는 걸까. 일기장이라도 뒤져보고 있는 걸까. 호림이 아는 성연이라면 지양이 자신의 방에서 저렇게 오래도록 머무는 것을 허락하지 않았을 텐데. 그렇다면 성연은 지금 방에 없을 수도 있었다. 영근의 서점에서 쫓겨난 아이가 어딜 간 걸까? 기가 차서 호림은 주먹을 꼭 쥐었다. 그 새끼는 최악이었다. 다시는 떠올리고 싶지 않았다. 어디서 감히 제 인생을 콘텐츠로 만드는 공작에 나를 도구로 끼워 넣으려 했단 말인가.

호림은 뒤틀린 문이 열리지 않도록 문고리를 왼손으로 잡은 채 오른손으로 천천히 노크했다.

"지양아, 나 호림이야. 아니……."

침을 꿀꺽 삼켰다.

"효정이야."

돌아오는 답은 없었고 여전히 벨 소리가 울렸지만 호림은 분명한 인기척을 느꼈다.

"멋대로 들어와서 진짜 미안한데 확인할 게 있어서 그

랬어. 정말 중요한 거라서. 너한테도, 나한테도. 그리고 성연이한테도. 경찰에 신고하려면 해. 그런데 내 말 듣고 해. 나 지금 안 들어가려고 문고리 잡고 있어, 너 놀랄까 봐. 네가 먼저 문 열 때까지 절대로 안 들어갈 거야. 그러니까 걱정하지 마."

그건 호림이 자기 자신에게 거는 주문과도 같았다. 그렇게 되뇌지 않으면 당장에라도 들어가 지양의 머리채를 잡아버릴 것만 같아서.

"너 내 남편이랑 잤지? 혹시 그래서 성연이 아빠가 걔라고 생각하니?"

호림은 문틀에 귀를 대고서 말을 이었다.

"네가 왜 이런 짓을 하는지 정말 모르겠어. 내 자리를 뺏고 싶어서 그러는 건지, 아니면 남의 남편이 탐이 나는 건지, 이제 와서 번듯하게 결혼하고 정상적인 가족 만들어서 살고 싶은 건지, 아니면 그냥 네 처지가 너무 불쌍하고 한심해서 누구라도 망치고 싶은 건지. 그런데 정도라는 게 있는 거야. 네가 까먹었는지는 모르겠지만, 지양아, 우리는 친구였어. 네가 인간이라면 친구한테 이럴 수가 있어?"

문득 무서운 생각이 들었다. 지양이 왜 성연의 방에 있을 수 있을까? 방금 전까지는 안일하게 생각했다. 성연이 집에 없기 때문이라고, 딸의 방을 뒤지고 있을 것이라고. 그러나 성연의 마음이 과연 학교에 멀쩡히 갈 상태일까?

만약 성연이 집에 있다면, 지양이 제 방에 들어오는 것을 막지 못했다는 뜻이었다. 대체 왜 막지 못했을까. 광기 어린 제 어미의 완력에 눌렸을 수 있다. 그런데 이렇게 고요한 것을 보아하니 제정신이 아닌 어미에게 해를 입었을 가능성이 충분했다.

호림은 급히 부엌으로 가서 싱크대 아래 찬장을 열었다. 칼을 꺼내 들어 등 뒤에 숨기고서 다시 문에 입을 댔다.

"네가 무슨 생각인지는 몰라도 너 하잔 대로 다 할게."

호림은 최대한 부드러운 어조로 말했다. 그러나 그 어조가 제대로 유지될 수 있을 리 없었다.

"애 아빠랑 만나고 싶으면, 만나도록 해. 이혼해줄까? 나야 대환영이지, 애 아빠가 합의만 해주면. 애 아빠랑 결혼하고 싶어? 맘대로 해, 그렇게 좋은 남자인지는 모르겠지만. 나한테 왜 이러는지 이유나 들어보자, 응? 고향 친구끼리 어떻게 이럴 수가 있냐고. 씨발, 음침하게 꿍꿍이나 꾸미고 있지 말고 말로 풀자고, 내가 다 들어줄 테니까!"

언제 문이 열릴지 몰랐다. 그래서 호림은 숨기고 있던 칼을 오른손으로 고쳐 들었다. 문이 갑자기 열리더라도 배에 바로 칼을 찔러 넣을 수 있는 각도였다. 문을 안에서 당겨 열어야 하니 자신에게 유리할 터였다. 호림은 안심하며 핸드폰을 왼손으로 옮겨 들었다.

문이 반쯤 부서진 이유에 대해 성연이 이야기한 적이 있었다. 저는 방 문턱에 있고 엄마는 부엌에 있었어요. 둘이서 한참 싸우던 중이었는데, 엄마가 두부 썰던 칼을 갑자기 나한테 던졌어요. 마침 제가 할 말을 다 하고 방문을 닫아서 다치지 않았어요. 성연은 그렇게 설명했었다. 엄마는 정말로 나를 죽이고 싶어 했을 거예요. 보통의 엄마라면 두부를 던지지, 칼을 던지지는 않았을 텐데. 줄 서서 산 그 두부가 아까웠던 거예요. 나한테 잃을 신뢰보다.

"지양아."
　호림은 핸드폰을 든 채 말했다.
"나 지금, 성연이한테 전화 걸 거야. 네 엄마가 지금 네 방에 있다고 말할 거야. 문을 열어주지 않는다고. 성연이한테 다 말할 거야. 네 엄마가 내 남편이랑 자서 너를 낳은 것 같다고, 그리고 어떻게든 내 자리를 뺏고 싶어서 이런 짓을 저지르는 것 같다고. 지금은 네 방에서 뭔가 뒤지고 있다고. 물론 다 내 추측이지. 하지만 성연이는 내 말을 믿을 거야. 그런데……."
　호림은 칼자루를 단단히 쥐었다. 땀이 나서 자꾸 미끄러지는 기분이었다.
"너도 딸이랑 그렇게 끝내고 싶지는 않지? 그러니까 열어. 열 셀 동안 열어. 그러지 않으면 성연이한테 당장 전화

걸 거야. 그거야말로 완전히 딸을 뺏기는 길이야, 알지?"

열. 아홉. 여덟. 자신도 모르게 거꾸로 숫자를 세는 습관이 나왔다. 학원에서 시험지를 걷을 때 했던 방식이었다. 일곱, 여섯. 애들은 말했다. 쌤, 제발 똑바로 세면 안 돼요? 이상하게 거꾸로 세면 더 미칠 것 같아요. 그러면 호림은 이렇게 대답했다. 얘들아, 너희가 잘못 생각하는 거야, 사람들은 원래 자기한테 남은 것보다 자기가 잃어버린 걸 더 크게 생각하곤 한단다. 다섯, 넷, 셋. 그러니까 나는 너희를 위해 남은 걸 세어주는 거야. 이만큼이나 남았네, 하고 위안할 수 있도록 말이야.

둘, 하나.

아무도 나오지 않았다. 호림은 한숨을 쉬면서, 네가 자초한 일이야, 지양아, 하고 말했다. 그러고서는 왼손으로 핸드폰의 잠금을 풀려 애를 썼다. 평생 오른손잡이였던 호림에게는 쉽지 않은 일이었다. 왼손의 지문조차 등록하지 않았으니. 패턴을 세 번이나 틀렸다. 그러던 중에도 칼을 내려 놓을 수 없었다.

마침내 패턴 풀기에 성공했을 때, 갑자기 문이 벌컥 열렸다. 그림자가 호림을 덮쳤다. 핸드폰을 내려다보고 있던 호림은 비명을 지르며 자신도 모르게 오른손을 내저었다.

칼끝이 커다란 호를 그렸다.

3부

1

    호림은 집에서 비틀비틀 걸어나왔다. 엄마의 차가 뭐였더라. 여전히 헷갈렸다. 호림은 한 번도 엄마의 차를 제대로 기억한 적이 없었다. 외양도, 모델도, 번호도. 다행히 헤매는 티를 내기 전에 근처에서 경적이 먼저 울렸다. 차를 타니 엄마가 말했다. 아직도 내 차가 뭔지 모르니? 내 딸이지만 넌 진짜 어지간히 무심해, 정말.

    "아니야. 피곤해서 앞이 잘 안 보였어."

    엄마는 시동만 걸어둔 채 출발은 안 하고 몸을 돌려 호림을 덥석 안았다. 손으로 등을 토닥이며 중얼거렸다. 내 딸, 욕봤다, 욕봤어, 고생했어, 나 닮아 너무 착해서 탈이야, 하고.

    "불쌍해보이는 애들한테 마음 쓰다 몇 번을 당하는 거

니. 분당에서도 그래서 내려왔으면서. 이제 야무지게 자기 자신 먼저 좀 챙겨."

엄마는 무릎에 둔 쇼핑백에서 비닐 파우치를 꺼냈다.

"네 아버지 기력이 영 딸리는 것 같아서 즙을 좀 짰는데, 여자가 먹어도 좋다더라. 얼른 먹어. 안에서 힘 다 썼을 텐데."

그러더니 말을 이었다.

"그 집은 엄마며 애며, 이 좁은 동네에서 어떻게 끝까지 해만 끼치니, 우리 가족한테. 무슨 원수를 졌다고. 하여간 상종 못 할 종자들이야."

그날 성연의 방 안에는 호림의 짐작과 달리 두 사람이 있었다. 지양과 성연. 지양은 의식을 잃은 채로 반듯하게 바닥에 누워 있었다. 호림의 모든 말을 들은 것은 지양이 아니라, 성연이었다.

성연은 영근에게서 쫓겨난 후 울면서 호림에게 전화를 걸어 도움을 요청하려 했으나, 호림에게 영근과 자신 중 누가 더 소중한 존재인지 가늠할 수 없었다. 성연은 바보가 아니었다. 영근과 호림이 이성애적인 관계를 쌓아가고 있다는 사실을 누구보다 잘 알고 있었다. 그러니 영근이 자신을 내쳤다면, 호림 역시 달라졌을지 몰랐다.

성연은 예상되는 절망을 마주하고 싶지 않아 집으로 돌

아갔다. 호림과의 관계가 틀어지는 것보다는 집에서의 반목이 훨씬 익숙했으니까. 예상했던 대로 엄마와 머리채를 잡으며 싸웠다. 예상하지 못했던 것은, 악에 받쳐 소리치던 엄마가 갑자기 풀썩 쓰러지고 팔다리를 벌벌 떨더니 축 늘어져 눈을 뜨지 못하게 된 일이었다.

엄마가 죽었을지도 모른다.

내가 죽었을지도 모른다.

그런데 정말로 죽었을까.

성연은 그 생각에, 깨어나지 않는 몸에서 최대한 멀리 떨어져서 웅크려 나오지 않고 있었다. 대낮에도 볕이 제대로 들지 않는 방 안에서 혼자 울다가 호림이 들어오는 소리를, 외치는 말들을 전부 들었다. 그리고 자신에게 전화를 걸겠다는 호림의 말에 겁에 질려 마침내 방 밖으로 나섰다.

여기까지가 팔뚝에 일곱 바늘을 꿰매게 된 성연이 기억하는 바였다.

"뭐 먹고 싶은 거 있니?"

엄마의 물음에 침묵한다면 내가 너를 빼내기 위해 어떤 방법을 썼다, 하는 장탄식만 들을 것 같아 호림은 조수석에서 생각나는 음식을 아무거나 마구 지껄였다. 그 앞에는 꼭 '엄마표'를 붙였다. 엄마표 육개장, 엄마표 고사리무침, 엄마표 소고기뭇국, 엄마표 감자전, 엄마표 파김치. 그러다 자신도 모르게 엄마표 두부김치, 하는 말이 이어졌고 엄마가 대답했다.

"두부김치 좋다. 제일 금방 할 수 있는 거니까. 이가네 트럭 오늘 왔을 텐데, 두부가 아직 남아 있으려나. 보통 지금쯤이면 떨어지는데. 얼른 가봐야겠네."

엄마는 지양과 호림이 그 두부 트럭에서 재회했다는 사실을 알지 못할 것이었다. 거기서 만난 친구를 영근이라고 착각하고 있으니. 알았더라면 그 음식의 이름을 듣자마자 경기를 일으켰을지도 모른다.

트럭은 아직 그 자리에 있었다. 102동과 103동 사이에. 엄마는 차를 103동 주차장에 몰고 들어갔다. 월요일 오후인데도 빈자리가 없었다. 무슨 일이라니, 이게. 사람들이 일은 안 하고 다 놀기만 하나 봐. 엄마는 혀를 쯧쯧 차더니 102동으로 차머리를 돌렸다. 102동에는 자리가 많았다. 엄마는 익숙하게 5, 6호가 있는 라인 쪽에 차를 댔다. 후면 주차 금지라는 팻말이 있었으나 보란 듯 꽁무니를 105호 쪽에 바짝 붙여 댔다. 호림은 눈을 질끈 감았다가 떴다. 엄마는 자, 얼른 나가서 두부 사오자, 라며 서둘렀다.

"원장 선생님이 마지막 손님이시네. 세 모밖에 안 남았어요."

두부 장수가 반투명한 비닐봉지에 두부를 얼른 담아주었다. 세 모나 사? 호림이 묻자 엄마가 대답했다. 인당 한 모씩 먹으라는 소리야.

두부 장수가 킥킥거리다가 등 뒤를 보더니 아이고, 이를 어쩌나, 늦었네! 하고 소리를 질렀다. 머리를 다 틀어 올린 누군가 슬리퍼를 질질 끌고 헐레벌떡 달려오다 탄식을 뱉었다. 파리호프 사장이었다.

"진짜 내가 못 산다, 못 살아. 오늘 예약한 선생님들, 마트에서 산 두부 쓰면 엄청 뭐라고 지랄할 텐데 큰일 났네."

"그러게, 왜 오늘은 사장님이 오셨어, 알바 아줌마가 안 오고?"

"몰라, 어딜 가버렸는지 전화를 안 받잖아요. 미치겠어, 진짜. 이렇게 말도 없이 펑크를 내면 나보고 어쩌라는 거야. 아무리 친해도 지킬 건 지켜야지. 동네 장사 하는데."

사장이 투덜댔다. 그렇게 재료에 신경 써서 만든 안주 같지는 않았는데. 호림은 그렇게 생각했다. 역시 아무리 좋은 재료에서 출발했다 하더라도 주물럭대는 사람이 엉망이라면 결과물은 형편없어지는 걸까? 문득 한 사람을 만드는 재료가 무엇일지 궁금해졌다. 자신을 객관적으로 바라볼 능력은 없었으니 이를테면 성연과 같은. 성연을 만든 재료를 호림은 지양과 영근이라 생각했다. 자신에게 매일 열패감을 안겨준 대상임을 부정할 수 없는 지양과, 한때 동경의 대상이었던 영근. 그래서 사랑했다. 자신이 성연을 주무르면 모든 게 나아질 거라 생각했다.

그러나 그 아이가 승환의 딸이라면, 더군다나 승환을 닮기까지 했다면, 내가 사랑할 수 있을까? 그 존재를 견뎌낼 수 있을까?

사장이 다시 말을 이었다.

"내가 잘해주지 말 걸 그랬어. 혼자 애 키우는 게 불쌍해서 애 밥도 챙겨줘, 시급도 잘 줘, 일하면서 술 마시는 것도 눈감아주고 아저씨들이 팁 주는 것도 내가 안 챙기고 다 몰아주고 그랬는데. 생전 고맙단 말 한마디를 안 하더니 이젠 펑크까지."

"무슨 일 있는 거 아니에요?"

"사실 오늘 안 나오면 안 되냐고 며칠을 징징거리는 거야, 걔가. 아니, 별 사정도 없는데 안 나온대. 왜 그러냐고 물었더니 대답을 안 해서 내가 그랬지. 요새 하도 불경기라 나도 입에 풀칠 할랑말랑인데, 단비 같은 단체 예약을 지금 쌩까는 거냐고. 그럴 거면 그냥 일하지 말고 나가라고. 일일 알바 써서 하겠다고. 그랬더니 분명히 나오겠다고 그랬거든? 그런데 당일에 이렇게 잠수를 탔어요. 내가 미쳐, 안 미쳐?"

"손님이 많아요?"

"형산고 교장 퇴직 기념 2차인데, 거기 선생들 말고도 퇴직 교사랍시고 노인네들 한 보따리가 더 온대요. 그 노인네들 수발을 내가 어떻게 다 들어요?"

238

사장은 호림이 지양과 함께 파리호프에서 술을 마셨던 걸 기억하지 못하거나, 적어도 그런 척하기로 한 모양이었다. 호림의 눈앞에서 지양의 험담을 당당히 늘어놓는 걸 보면. 그때 엄마가 갑자기 끼어들었다.

"어머, 사장님, 근데 내가 어디서 들은 건데 방금 생각났네. 그 집 지금 난리 났다는데요."

호림을 비롯한 사장과 두부 장수가 모두 엄마를 바라보았다.

"딸이랑 엄마랑 서로 싸워서 지금 경찰서에 있다는데요. 칼부림까지 했대요."

"미쳤다, 미쳤어."

사장이 펄쩍 뛰었다.

"내 그럴 줄 알았죠. 그 딸내미도 엄마 닮아서 성깔이 보통이 아녔다니까요? 진짜 대단하다, 대단해. 그런데 사모님은 그걸 어떻게 아셨어요?"

엄마는 온화하게 대답했다.

"그 집 딸내미, 영 불쌍한 애라 우리 딸이 교육 봉사 하고 있었거든요. 도와주려고. 우리 애가 워낙 착하고 그래서, 돈도 안 받고 해주고 있었어요. 그런데 가려가면서 도왔어야 했나 봐. 내가 진짜 얘기 듣고 가슴이 철렁 내려앉았다니까요. 칼 맞는 게 우리 딸이 됐을지 누가 알아요?"

그러더니 덧붙였다.

"그런데 사장님, 혹시 정 급하면 세 모라도 일단 쓸래요? 내가 양보할게. 대신 나 다음에 가면 서비스 챙겨주기야."

2

성연에게서 온 열 번째 전화를 호림은 마침내 받았다. 받아서는 성연이 하는 말을 듣지 않으려 멀찍이 전화를 떨어뜨려 놓았다. 그러나 목소리가 크고 격정적이었기에 핸드폰 밖으로 다 새어 나왔다.

"엄마가 이젠 거짓말까지 하는 거예요. 쌤 같은 분의 남편이 우리 엄마 같은 사람한테 넘어갈 리 없잖아요. 쌤이랑 사귀는데 어떻게 그래요? 엄마가 쌤한테 상처 입히려고 거짓말하는 거예요. 괜히 이기고 싶어서. 쌤 망치고 싶어서. 저랑 쌤 사이 갈라놓고 싶어서. 쌤, 절대 아니에요. 믿지 말아요. 다 그 여자 거짓말이에요……."

호림은 천천히 핸드폰을 들어 성연아, 하고 불렀다. 성연이 빠르게 뱉던 말을 멈추더니 네, 하고 물기 어린 목소리로 조용히 대답했다.

"팔에 흉은 안 진다니?"

"네."

"다행이구나. 너무 미안해서 연락을 못 했네."

"제 잘못이죠. 쌤이 왜 미안해요…… 안에 있는 게 저라고 미리 알려드렸으면 이런 일 없었을 텐데."

호림은 손에 비닐 팩을 말아쥐고 있었다. 혹시 몰라서 남겨놓은 것들이 결국 또 이리 유용하게 사용되는구나. 만약을 생각하는 자신의 습관이 이럴 때 빛을 발했다. 비닐 팩 안에서 머리카락과 손톱이 마치 살아 있는 것처럼 이리저리 움직였다.

며칠 후 분당에 가서 승환의 조각도 챙겨올 심산이었다. 분당 집은 비어 있는 시간이 아주 많았다. 학원강사라는 일의 특성이 원래 그랬다. 승환 몰래 집에 들어가 머리카락이나 칫솔 혹은 손톱깎이 안의 조각 따위를 가져오는 건 어려운 일도 아니었다. 그러고 보면 영근에게 참 감사할 일이었다. 친자확인이라는 게 이렇게 쉽고 간편한 일인지, 영근이 아니었으면 평생 알지 못했을 텐데.

"서점 사장님, 좋은 사람 아니더라고."

호림이 말했다.

"너를 이용해서 힐링 에세이라도 쓸 작정이었나 봐. 몰랐던 딸을 알게 된 젊은 아버지, 뭐 그렇게 해서. 내가 보내준 링크 봤지?"

"네. 쌤, 죄송해요. 정말 그런 새끼인 줄 몰랐어요."

"친아버지가 아니어서 다행이지. 안 그랬으면 계속 이용당했을 거야. 핏줄이라는 이유만으로. 행운이라고 생각하

자. 나도 그 덕분에 그 남자랑 연 끊을 수 있게 됐으니까."

성연이 숨을 몰아쉬는 소리가 들렸다. 콧물이 비강에 가득 찬 소리. 호림은 베란다에 나와 있었다. 난간에 기대어 있었으나, 거실에서 빨래를 개는 엄마가 자신을 빤히 쳐다보는 것쯤은 등에 눈이 달리지 않아도 느낄 수 있었다.

"엄마는 괜찮니?"

"그냥 쇼크래요. 열받아서 쓰러진 거. 혈압이 많이 높다는데. 겨우 그 나이에. 웃기죠."

"다행이네. 병원비는 있고?"

"엄마 입원비는 있는데요, 제 보험료가 안 나온대요. 엄마가 저를 공격한 거니까……."

팔에서 피를 철철 흘리던 성연은 출동한 구급대원들에게 말했었다. 엄마가 저랑 싸우다가 칼을 쥐고 이렇게 만들었어요, 쌤이 구해줬어요, 라고. 호림은 응급진료비를 모두 수납한 후 영수증을 성연의 손에 쥐여 주었다. 지금 그 영수증을 가지고 보험료를 타내겠다는 모양이었다. 정말 대단하다고, 호림은 생각했다. 정말 대단한 아이라고.

성연에게 미안한 마음이 없는 건 아니었으나 상처 난 마음에 대한 정당방위였다. 남편의 혼외자일지도 모르는데 자신이 어떻게 버틸 수 있겠는가.

"쌤. 레퍼리어요, 나문에서 공연한대요. 혹시 공지 보셨어요?"

"아니, 못 봤는데."

"십 분 전에 올라왔어요. 진짜 깜짝 놀랐어요. 나문대 앞에 새 공연장 생기는데 거기서 오픈 기념으로 불러오나 봐요. 레페리어 말고 다른 라인업도 좋아요. 한 달 후예요. 저희 같이 가요. 레페리어가 어떻게 나문에 와요? 이런 기회 없잖아요……."

호림은 자신의 주먹이 비닐 팩을 꽉 움켜쥐고 있다는 사실을 뒤늦게 알아챘다. 등 뒤에서 베란다 문이 천천히 열리는 소리가 났다. 누구니? 엄마가 물었다. 누구랑 이렇게 오래 통화를 해? 아빠가 부르시는데.

그때 성연이 말했다.

"쌤, 제 팔은 정말 괜찮아요. 엄마가 기억이 안 난다고, 자기가 칼부림 같은 거 절대 했을 리 없다고 우기는데 웃기죠. 세상에, 우리 엄마 같은 몰상식한 사람 아니면 누가 그렇게 하겠어요."

호림의 눈이 엄마와 마주쳤다. 수화기 너머로 성연의 목소리가 이어졌다.

"그런데 사실은 저도 잘 기억이 안 나긴 해요. 근데 뭐 그게 중요하겠어요? 쌤이 절 구하러 와주셨다는 거, 그게 중요한 거지. 저는 정말로 괜찮아요, 쌤."

그러더니 단언했다.

"저는 기억이 안 나지만 경찰 아저씨들이 그렇게 알고

있다는 게 중요한 거죠, 쌤. 그렇죠? 제 말이 맞죠? 쌤은 정말 대단해요. 어떻게 우리 엄마도 살리고 저도 살렸어요? 쌤 같은 사람은 세상에 없을 거예요."

호림은 엄마가 핸드폰 밖으로 흘러나온 소리를 들은 것을 알았다. 모녀는 그렇게 한참 동안 서로를 멍하니 바라보았다. 성연이 전화를 끊을 때까지.

호림은 엄마를 똑바로 마주한 채로, 핸드폰을 발치에 내려놓고 비닐 팩을 열어 그 안에 든 것을 베란다 밖으로 털어냈다. 성연의 유전자 조각들이 하늘하늘 사라졌다. 엄마가 돌연 새시를 밀어 열고 달려들어서는 호림의 허리를 붙잡은 채 마구 소리치기 시작했다. 그걸 왜 버려, 이 썩을 년아, 그걸 왜 버리냐고.

대답이 없자 계속 죽어라 악을 썼다. 그것만 있으면 이혼할 수 있잖아, 왜 버리냐고!

"엄마, 다 알고 있었어?"

엄마는 호림의 팔을 할퀴며 비명을 질렀다. 정확히 성연이 다친 부위였다. 엄마는 말했다. 대체 자신이 어디까지 해줘야 정신 차리고 잘 살 거냐고, 자신처럼은 살지 말라고, 똑똑하게 좀 혼자 우뚝 서라고 그렇게 애를 써줬는데 그 기회를 왜 매번 날려버리냐고. 대강 그런 내용 같았다. 헐떡임과 울부짖음이 섞여 제대로 파악은 어려웠지만.

마침내 힘이 빠진 엄마가 베란다 바닥에 그대로 철퍼덕

앉아서 중얼거렸다.

"어떻게 네가 그럴 수 있어? 내가 얼마나 많이 용서했는데. 엄마가 죽었으면 좋겠다고 생각한 것들, 있지도 않은 일 꾸며낸 것들, 남들한테 없는 일 만들어 소문낸 것들, 그런 거 다 모른 척해주고 넘겨줬는데. 너 잘되라고, 나처럼 살지 말고 잘되라고."

"엄마가 내 가방에 공책 넣었어? 대체 어떻게? 어떻게 그 공책이 엄마 손에 들어간 건데?"

호림의 물음에 엄마는 피식피식 웃기까지 했다.

"사과를 먼저 해야 하는 거 아니니, 거짓말을 그렇게 한 것에 대해서. 아님 감사를 하든가. 그냥 넘어가준 것에 대해서도."

"물었잖아, 어떻게 그 공책이 엄마한테 있냐고. 대체 어떻게 가지고 있다가, 대체 왜 내 가방 안에 넣은 거냐고."

3

호림은 자신이 혼자 컸다고 생각했다. 혼자 상처받았다고 생각했다. 자신이 거짓을 말하고 학대받은 아이인 것처럼 굴었던 기록을 엄마가 매일 밤 자신의 가방을 뒤져 훔쳐 보았으리라고는, 죽고 싶었으리라고는 그러나 어찌할 바를 몰라 묵인했으리라고는 상상하지 못했다. 임신을 해학원을 그만둔다며 찾아온 지양에게서 교환 일기를 아득바득 빼앗아 서랍 안에 간직했다는 사실도. 그 공책을 뒤늦게 호림의 가방 안에 넣은 이유가 가장 우스웠다. 엄마는 그걸 호림이 가지고 있다는 사실이 딸의 무기가 될 거라고 여겼다. 이렇게 나문에 내려와서 일도 없이 방 안에 처박힌 가장 큰 이유가 남편과의 힘겨루기라고 생각했던 엄마의 착각. 남편을 협박하거나, 차라리 별 볼 일 없는 남편과 이혼하고 새 애인과 더 알콩달콩 지내기를 바란 엄마의 서투르고 서글픈 공작. 엄마는 아버지가 골방 늙은이가되고 나서야, 그의 모든 오입질을 묵인하고 용서한 것을후회했다. 그리고 호림은 그러지 않기를 바랐다.

호림은 승환을 처음 집에 데려왔을 때 엄마가 했던 말을기억했다. 속 썩이지는 않겠네. 능력이 부족하면 너한테설설 기겠지. 너만 사랑해주겠지. 그것도 나쁘진 않아. 어떤 남자는 그거면 돼. 너를 떠받들어 주기만 하면 돼.

그게 엄마의 사랑 방식이었다. 대체 무슨 사랑일까, 그게. 호림은 베개에 얼굴을 묻은 채 생각했다. 엄마를 매도하고, 거짓을 퍼뜨리고, 엄마 없는 아이를 부러워했다는사실을 알았음에도 그것보다 제 딸을 못살게 구는 상대를끝까지 처리하고자 하는 그 사랑은, 대체 어떤 마음을 먹어야만 발현될 수 있는 걸까. 내 배 아파 낳은 새끼면 그렇게 되는 걸까.

내 배 아파 낳은 새끼여야만, 그게 가능한 걸까.

집 안은 고요했다. 엄마는 아버지와 산책을 나가고 없었다. 호림은 핸드폰에 쌓인 성연의 연락을 보는 대신 SNS 계정을 열었다. 성연과의 기억들이 그 안에 남아 있었다. 승환이 '잘 지내고 있는 척'이라 표현했던 것들. 과시라고 말했던 것들.

자신이 팔로잉하고 있는 사람들이 올린 글들을 훑어보았다. 자신에게 무슨 일이 있는지도 모르고 사람들은 각자의 일상에서 열심히 잘 살고 있었다. 평소와 같은 어조로 평소와 같은 이야기를 하면서. 호림이 며칠 침묵해도 변한 것은 없었다.

그래, 그런 글에서 처음 대안 가족이라는 단어를 보았다. 그게 참 좋았다. 가지고 싶었던 것. 주도하고 싶었던 것. 없는 상처를 꾸며내며 죄책감에 휩싸이지 않아도, 대안 가족이란 걸 만들어낸다면 모두가 자신에게서 그런 과거를 은연중에 읽어낼 수 있지 않을까 생각했다. 자신이 힘들어하는 아이들을 보듬는다면, 어린 시절의 상처가 아주 커서 그걸 치유하기 위해 새로운 형태의 인간관계를 직조하게 되었으리라고 사람들이 생각하며 호림을 대단하게 평가할 것이라고 여겼다.

영화를 보면, 소설을 읽으면 다들 어른이 잘해주는 대로 감응하고 변하고 예쁜 장면을 만들어내던데. 그런데 왜 하나도 제대로 되지 않았는가. 일자리를 잃고, 남편을 믿지 못하게 되더니, 엄마가 꽁꽁 감춰두고 수면 아래 잠기도록 밀어 넣었던 치부들마저 다시금 떠올리게 되는 일이 대체 왜 나에게 일어나게 되었는가.

호림은 계속해서 스크롤을 내렸다. 위로가 될 만한 글을 한 줄도 찾을 수 없었다. 비죽비죽 조소하게 되었다. 모두에게 말하고 싶어졌다. 당신들은 아무것도 모른다고, 세상에 대해 아무것도 알지 못하면서 머릿속으로만 상상한 그럴듯한 개념과 이미지 들을 가지고 진짜인 양 떠벌리지 말라고. 다들 팔자 좋아, 웃기시네. 호림은 자기도 모르게 중얼거리고 있었다.

악다구니라도 쓰고 싶었다. 엄마의 얼굴을 보기가 무서워 부엌에도 나가기 힘들었고, 승환이 자신과 사귀면서 그 누구도 아닌 지양과 잤다는 사실 자체가 패배처럼 느껴졌으며, 십칠 년간의 세월을 뚫고 드디어 우위를 점한 듯 의기양양해하는 모습도 역겨웠다.

핸드폰 상단 바에 알림이 떴다. 성연의 메시지였다. 호림은 그것을 가만히 보다가 화면을 껐다.

에필로그:
어느 날의 집필 노트

"결국 아버지는 처음부터 끝까지 없던 존재가 됐죠. 힘들진 않았어요. 애초부터 가지지 않았다면 상실한 기분을 알지 못하니까······."

"어머니는요? 어머니도 잃었잖아요."

"그렇죠. 어머니라 부르지 않기로 한 게 더 정확할 거예요, 사실은. 그런 호칭이 이상한 위계를 만든다는 생각을 했거든요. 저는 두 분 다 소중하게 생각해요. 이제는요."

감동적이네요, 정말 기대됩니다, 언제 집필을 끝내실 예정인가요? 하고 인터뷰어는 손목시계를 보며 급하게 물었다. 생각보다 반응이 시원찮아 조금 화가 났다. 나이 든 두 여자를 따로따로 앉혀놓고 증언을 받아내는 게 얼마나 힘든데, 그걸 풀어내는 작업이 얼마나 버거운데 고작 '감동적'이라니. 너무 뻔한 단어였다.

"무엇이 감동적이지요?"

내가 묻자 인터뷰어는 대답했다.

"짧게 말씀하셨지만 그 사연들이 사실이라면, 그런 일들을 겪고도 결국엔 함께인 것이 감동적이고 특별하잖아요."

나는 되물었다.

"다른 집에도 이 정도의 사연은 있지 않나요? 추악한 평범함이요. 다들 바깥으로는 숨긴 채로, 어쩔 수 없이 그렇게 함께 사는 거 아니에요? 하나도 특별하지 않은데요."

이런 대답이 더 독특하게 들릴지 모른다고 계산하면서.

추악. 추악하지 않은 사람이 세상에 어디 있을까?

호림. 호림은 내가 지양 역시 어머니라 부르지 않겠다고 선언하자 기쁨을 감추지 못했다. 호림의 전남편이 내 생물학적 아버지일 가능성이 농후하다는 사실보다 지양에게서 어머니라는 타이틀을 빼앗을 수 있다는 게 더 중요한 걸까. 나는 세간에 알려진 것과는 달리 첫 소설의 당선 소식을 듣자마자 가장 먼저 호림에게 전화를 했다. 나는 알았다. 호림이 나를 그 누구의 것과도 비교할 수 없는 액세서리로 인정해 소중히 여겨줄 거라는 사실을. 그러니까 나는, 호림에겐 마치 편집 숍에 있는 빈티지 스카프와도 같은 존재다. 돈을 아무리 줘도 바로 구할 수 없는 장신구. 누군가가 가치를 알아보지 못하고 버린 것을 알아보는 밝은 눈과 세련된 취향을 가졌다는 증거. 호림은 내 당선을 그 누구보다 순수하게 기뻐했고 가장 많은 곳에 자랑해주었다. 내가 부끄럽게 내 자랑을 할 필요가 없을 정도로. 물론 제일 중요한 것은 속물인 전남편의 혼외자일지 모르는 여자를 반려인으로 들인 자신의 서사였다.

지양. 지양과는 어떻게 되었냐고? 지양은 형산아파트에 혼자 산다. 여전히 가난하고 여전히 외롭다. 그리고 아주 빠른 속도로 늙고 있다. 그러고 보면 나는 가끔 자신의 모짊을 다그치고 싶을 때가 있다. 지양이 수입도 혈연도 없는 상태에서 어린 나를 키우며 어떻게 변해갔을지, 왜 그때의 나는 생각하려 들지 않았을까? 고고하게 굶기에는 내가 너무나 빽빽 울었을 텐데. 호림에게 신념과 취향이 액세서리였다면 지양에게 그것은 흉이었다. 과자공장과 농산물 물류센터, 화장품 가게나 예식장을 거쳐 마침내 아버지처럼 술집에서 일하며 지양은, 못 들은 척하는 것을 넘어서서 맞장구까지 치는 사람이 되어야 했다. 적어도 나 문에서는 그래야 했다. 그 시간들이 지양을 멋대로 굴절시켰다.

그렇다면 박효지는?

나는 이중 렌즈가 되는 것이, 내가 뛰어든 이 판에서 가장 살아남기 쉬운 방법이라는 사실을 직감했다. 호림과 비슷한 개체수는 넘쳐나고, 지양 같은 이를 멸시하는 경우는 아주 많다. 지양을 이해하려 들려는 비율은 훨씬 낮고.

만약 상반된 두 사람이 내게 엄마이자 엄마가 아니라면, 이라는 발상을 처음 떠올렸을 때 나는 내가 나의 캐릭터를 잡았다고 확신했다.

그래서, 아버지가 누구냐고?

나는 이런 물음을 독자에게 던질 수 있다. 성연이 순수해 보이나요, 그렇지 않아 보이나요? 예컨대 이런 주장을 할 수도 있다. 성연이 바보처럼 보이냐고. 아르바이트생까지 다 아는 영근의 꿍꿍이를 그 아이가 몰랐을 것 같냐고. 첫 도피처가 영근이었을 땐 최대한 장단을 맞춰주면서 결판을 회피하기 위해 최선을 다했을 것이다. 결과를 모르니까. 그러나 호림이 등장한 후에는 영근이 그다지 필요하지 않게 되었을 테고, 그렇다면 영근이 진짜 친부인가도 크게 중요한 게 아니라고 판단했을지도 모른다.

호림의 남편이 친부일 가능성을 성연이 생각하지 못했

을까. 당연히 그랬을 거라고 나는 변호하고 싶다. 그러나 지양이 말을 흘렸을 가능성을 슬그머니 의심해보면 어떨까? 만약 그랬다면 성연은 익히 알았을 것이다. 호림이란 사람은 '남편을 차버렸으나 남편의 혼외 자식을 딸로 거둔 이'라는 타이틀을 간편히 얻게 될 기회에 매혹될 것이라는 사실을. 그걸 이미 알고 행동했을 것이다.

그러나 자신의 자전소설에 박효지가 이렇게 말한다면 독자들은 성연을 좋아하지 않을 것이다. 고민이 많다. 대놓고 스릴러나 호러를 표방하지 않는 이상, 주인공 역할을 하는 이에 대한 불호는 작품에 대한 평을 깎아내리기 일쑤이므로 그렇게 말해서는 안 된다. 호림 시점으로 작품을 시작한 바람에 가뜩이나 위험 요소가 다분한데―사람들은 호림과 자신이 겹쳐지는 부분을 시야의 맹점에 두고 최대한 보지 않으려 애쓸 것이다―성연까지 그렇게 만들면 안 된다.

성연은, 박효지는 불쌍하고 순수하며 오래 상처받은 아이여야 할까? 그리하여 결국 호림과 지양을 엮어 화해하고 화합하게 만드는 매개가 되어야 할까?

나의 열 손가락은 자꾸만 그따위의 비현실적 방향으로 흘러가려 군다.

우습지.

그런 식으로 사는 사람이 세상에 얼마나 된다고.

전화가 온다. 아마 지양일 것이다. 혹은 호림일 수도 있다. 나는 전화가 울리도록 내버려둔다. 그들을 길들일 필요가 있다.

여유를 가지고 천천히. 우리는 평생 자신의 가치 증빙을 위해 서로를 필요로 할 테니까.

작가의 말

최근 어느 인터뷰에서 그런 말을 들었다.

"작가님의 작품 속 인물들은 하염없이 자기검열을 하는 것 같아요. 착하든 그렇지 않든 간에. 왜 그럴까요?"

나도 미처 알지 못했던 사실이었는데 돌이켜보니 정말 그랬다. 이유는 바로 토로할 수 있었다.

"제가 인성 쓰레기로 타고나서요, 계속 머리에 힘을 주고 살아야 하거든요. 아마 그래서인 듯합니다."(원체 평소의 언행이 좀 교양 없는 편이다.)

부족하다 못해 악하다 싶은 면까지 수없이 많은 나는 그것을 스스로 인지할 때마다 숨기려고 애를 쓴다. 동시에, 나와 내 공간 밖의 인물들과 환경에도 그런 구석이 있지 않을까 관찰하곤 한다. 아마 안도하고 싶어서일 테다. 나만 그런 게 아니라고. 그 안도의 방식이 가증스러워 또 괴로워하지만.

반면 놀랍게도 내게는 납작하게 평가당하곤 하는 사람들에 대한 애정 또한 존재한다. 가령 내가 만난 사람 중 가장 친절하고 선한 이들이 잘 알지 못해 내뱉는 시대착오적 언행들을 과연 내가 재단할 자격이 있는지에 대해 나는 회의적이다. 그들이 어떻게 살아왔고 교육받았는지 전부 알지 못하니까.

그러니 결국, 검열하고픈 추악함의 몸통과 알아내고픈 그것의 서사적 뿌리 사이에서 늘 방황하는 것이다.

그간 소설을 꽤 많이 빚었다. 시작부터 전하고자 하는 메시지가 분명했던 소설도 있었으나 대부분은 내가 그 시각에 가장 골몰하는 생각이 무엇인지에 따라 매일같이 형태가 변화한다. 때로는 일그러지기도 하고 때로는 진흙을 뭉쳐 처음부터 다시 물레를 돌려야 할 때도 있다. 어쨌든 물레는 꾸준히 돌아간다. 이번 물레를 돌리며 나는 이런 생각에 주로 잠겼던 듯하다.

사람의 겉보기와 됨됨이가, 물론 현재 시점에서 표리부동하기도 할 테지만 시간의 관점에서 보아도 충분히 불연속적일 수 있다는 것, 지금의 내 눈에 더할 나위 없이 멋지고 정의로워 보이는 누군가가 전혀 그런 사람이 아니었을 수도 있다는 것, 과거에 악독한 이였을 수도 있다는 것에 대해서.

반대로 지금의 내 눈에 상종 못 할 인간형으로 비치는 이가 진정 그런 사람인지, 아니면 반짝이던 제 안의 무엇을 사회가 던지는 돌에 맞고 세월이 무너뜨리는 토사에 침식되어 잃게 된 사람인지 모른다는 것에 대해서도.

그러나 어떻게든 그 모두와 같이 하루하루를 살아야 하지 않은가?

남들이 손가락질할 거리가 많은, 나 같은 사람끼리 구질구질한 사건들을 겪으면서도 결국은 서로를 끊지 못하고 함께 생활하는 이야기를 쓰고 싶었다.

사후적으로 그렇게 결론 내릴 수 있겠으나, 물론 그저 설재인식 치정 소설이기도 하다.

우연이 아니었다

© 설재인, 2024

초판 1쇄 인쇄일 2024년 9월 20일
초판 1쇄 발행일 2024년 9월 30일

지은이   설재인
펴낸이   정은영
편집   장혜리 전유진 최찬미
디자인   박정은
마케팅   최금순 이언영 연병선 송의정 성채영
제작   홍동근

펴낸곳   (주)자음과모음
출판등록   2001년 11월 28일 제2001-000259호
주소   10881 경기도 파주시 회동길 325-20
전화   편집부 (02)324-2347 경영지원부 (02)325-6047
팩스   편집부 (02)324-2348 경영지원부 (02)2648-1311
이메일   munhak@jamobook.com

ISBN 978-89-544-5148-2 (03810)

잘못된 책은 교환해드립니다.
저자와의 협의하에 인지는 붙이지 않습니다.